恋の川、春の町

江戸戯作者事情

風野真知雄

目次

昭和の偉大な戯作者・梶山季之に捧げる

第一章　うなぎ屋のおつら

一

「倉橋《くらはし》さま。もう、よろしいので？」

恋川春町《こいかわはるまち》が藩邸内の家から庭のほうへ出てくると、後ろから声がかかった。下男の丑吉《うしきち》だった。

春町は立ち止まり、大きな庭石に腰をかけ、

「うん。なんとかな。いやあ、死ぬかと思ったぜ」

と、丑吉のかぼちゃのような顔を見た。その向こうの桜の木は、すっかり葉桜に変わっていて、若い葉の色は、病みあがりの目に痛いほど清々《すがすが》しい。

「お風邪だったんでしょう？」

「そうだ。このあいだの花見でうつされたんだろうな。妙な風邪だったよ。ひどい熱が出て、咳《せき》が止まらなくなったと思ったら、上半身がぎりぎりと痛み出した。痛

いのは上半身だけだぜ。歯から耳の穴まで痛いんだ」

「下半身は？」

「だるいんだ。もう、煮過ぎた大根みたいにだるいんだ。そのうち、へそが痛くなってきてな。咳するたびに、痛いんだ。へその中までだぜ。すると、へそから緑色の膿《うみ》みたいなものが出てきてな」

「ほんとに風邪ですか、それ？」

丑吉は、一歩下がって訊《き》いた。

「だって、熱があって咳してるんだぜ。しかも、いちばんひどいときは全身に赤黒い水玉模様が出たんだ。なんだ、これは、と驚いたぜ。おれは、毒きのこかって。呼んだ医者なんか気味悪がって、おれに触ろうともしねえんだよ。おれもこれはいよいよお陀仏《だぶつ》かと思ったんだ」

嘘ではない。春町は、ほんとうにそう思った。すると、これは定めであるような気がした。昔から身体があまり丈夫でなかった春町は、なんとなく自分は四十六か四十九の歳に死ぬだろうと、ときどきそう思ってきたのだ。

春町、今年、四十六。

「奥さまがつきっきりで看病なさっていたのでしょう？」

「あんな陰気臭いのに看病されたって、墓参りされてるような気分になるだけだよ」

春町がそう言うと、丑吉は手を叩《たた》いて笑った。

この屋敷で、春町の軽口に笑ってくれるのは丑吉だけである。ほかはたいがい、軽口の意味そのものがわからないか、聞かなかったふりをする。

だが丑吉は、ここ駿河《するが》小島《おじま》藩邸の年寄本役・倉橋寿平《くらはしじゅへい》が、けっこう名の知れた戯《げ》作《さく》者・恋川春町だと知っているのか――それは春町にはわからない。「丑吉。じつは、おれはな……」なんてことは、春町には恥ずかしくてとても言えないし、だいいち改まって名乗るほどではない。たかが戯作者なのだ。

寝ついて三日目、四日目がいちばんひどくて、五日目あたりで熱が抜け、助かったと思った。そのころには、へその膿や水玉模様もおさまった。おそらく風邪で身体が弱ったため、膿んだり腫《は》れたりしたのだろう。だが、起きる気にはなれず、それから五日、寝たきりで、戯作ばかり読んで過ごした。まともな書物は疲れてとても読む気にはなれなかった。

黄表紙では、いちばん面白いと思ったのは芝全交《しばぜんこう》だった。この男は、山本藤十郎《やまもととうじゅうろう》といって、水戸《みと》藩の狂言師をしているらしい。芝《しば》に住んでいるから、芝なのだろうが、全交というのは、さてどういう意味なのか。

この男のうがちは、からりとしている。だが、切れがある。笑いを畳みかけてくる。勿体《もったい》ぶっていない。

逆に、たいしたことがないと思ったのが山東京伝《さんとうきょうでん》。いま世間でもてはやされているが、どうも笑いがしつこくて、嫌みな感じがした。

なんであいつがあんなに売れるのか、不思議でしょうがない。

山東京伝は、版元の蔦屋重三郎《つたやじゅうざぶろう》にずいぶん可愛がられていて、売上ではそれでずいぶん得をしているはずである。もっとも芝全交がおもに仕事をしている〈鶴屋《つるや》〉も、江戸有数の地本問屋なのだが。

「あ、奥さまが」

丑吉の見たほうに、妻が現われた。いなくなった春町を捜しているのだ。

「おっとっと」

春町は慌てて石の陰に身をかがめ、

「粥《かゆ》ばかり食っていて力が抜けた。ちっと精のつくものを食ってくる」

「ぜひ、そうなさると」

「あれには内緒にしていてくれ」

「わかりました」

ということで、春町はそっと藩邸を抜け出した。

本当は吉原界隈《よしわらかいわい》まで行きたいところだが、まだ足元がしっかりしない。とても吉原までの往復はできそうもない。

まずはここらでうなぎでも食って、歩けそうなら足慣らしをしたい。

二

藩邸の真ん前の町人地は、小石川春日町《こいしかわかすがちょう》。

あたりを武家地に囲まれた小さな町人地で、もともとは春日局《かすがのつぼね》の下男たちが住むところとして縄張りされた土地だったらしい。それが元禄《げんろく》のころ、町人地となった。

細長い町の西側すべては、広大な水戸藩邸のほんの一部である。その壁に沿って、きれいな掘割が流れている。

東の裏手にあるのは出世稲荷《いなり》。こぢんまりした佇《たたず》まいは、苦労するほど大きな出世ではなく、幸せになりそうな小さな出世の願いを叶《かな》えてくれそう。

町全体がどことなくこざっぱりしている。ここらは治安もいい。住みやすくて、好きな町並なのだ。だからこそ戯号にも使った。恋川春町は、ずいぶん色っぽい名だとからかわれるが、なんのことはない、「こいしかわかすがちょう」をもじったのである。

町の中ほどにあるうなぎ屋に入った。

ここの蒲焼《かばや》きはタレがさっぱりしていて、ちょっと変わった味である。なかなかうまいと、本郷《ほんごう》のほうから食いに来る者もいるらしい。

縄のれんをわけ、

「蒲焼きに胆《きも》焼きもつけてくれ。卵焼きはできないか？　うん、下手でもかまわないよ。それと飯だ」

と、顔なじみの店主に言った。

寝ているときは粥と豆腐ばかりだった。白くて軟らかいものは毒を流すからってほんとかね？　もうすこし硬くて色のついたものを食わせろと言っても、「お身体に障ります」の一点張り。あいつは、良妻を気取り過ぎ。春町の前妻が、そういうのはいっさい気にしない女だったと聞いているのだろう。なおさら良妻めかした言動が多くなってきている。近ごろは、正直、重荷になっている。

皿に載せた蒲焼きと胆焼き、それに飯を持って来た店主は、

「恋川先生。大丈夫ですか？」

と、心配そうに訊いた。

このあたりの町人は皆、春町の顔と名前を知っている。誰かにしゃべったことはないはずだが、版元の若い者と飯を食ったときの会話でも聞かれたのか。それは町名を戯号にした戯作者がいれば、たちまち噂は広まる。

「あれ？　おれが風邪ひいたの、もう聞いたのか？」

「風邪？　いや、そんなことじゃなくて」

「そんなことじゃなくてじゃねえよ。ひでえ熱で死ぬかと思ったんだから」

春町はべらんめえ口調で、ざっかけない言葉遣いをする。町人言葉や流行り言葉はどんどん使う。薄ら気取っていて、生きのいい戯作が書けるわけがない。

「いや、ほら、例の件で」

店主は、やけに神妙な顔をした。

どうも言っていることがよくわからない。

そんなことよりもうなぎだろう。

蒲焼きを大きく箸《はし》で切って口に入れる。

「うん。うまいっ」

やっぱり濃い味はうまい。たちまち身体が、しゃきっとしてくる。

胆の噛《か》み心地もいい。箸休めにつけたたくあんも、いい音を立てる。ひさしぶりに歯を使って飯を食べている。舌でとろける飯なんか幽霊の食いものだろう。あんなもの食っていた日には、病にも馬鹿にされ、なかなか退散してくれない。たちまちぜんぶ平らげた。上半身には力がもどってきた。これが下半身まで行けば、病も全快。

うなぎつながりで、鍛冶町《かじちよう》のうなぎ屋で働くおつらのことを思い出した。春町、近ごろはおつらにぞっこんなのである。

三

――よし。おつらの顔を見に行こう。

と、宇治川《うじがわ》を馬で渡ろうかというくらい決然と思った。

ゆっくり行けば、どうにか歩けそうである。

それに、おつらには訊きたいことがある。今年の正月に売り出した黄表紙の『鸚《おう》鵡返文武二道《むがえしぶんぶのふたみち》』の感想である。

恥ずかしくてなかなか渡せなかった。

そういうのは山東京伝が得意らしい。「これ、あたしが書いたんだ。よかったら読んでみて」と、ほうぼうで配りまくりらしい。

そういう図々《ずうずう》しいやつが、戯作者になるかという気がする。気のある娘に自分を売り込むなんてことが恥ずかしくてできない内気な男が、胸にためこんだ言葉を文字にして吐き出すように、戯作者になるのではないか。口にできるのなら、わざわざ文字を書くなと言いたい。
四、五回通って、やっと二月半ばに春町が新作を渡したとき、
「え、これ、お客さんが書いたんですか？」

と、おつらは瞳《ひとみ》を輝かせた。

「まあな」

「なんだ。お客さん、戯作者だったんですか。すごぉい」

「ちっとも、すごくなんかねえよ」

照れ臭いので、やくざのように凄味《すごみ》をきかせて言ってみる。

「え？　恋川……春町……」

「聞いたこと、あるかい？」

「ありますよ！　『江戸生艶気樺焼《えどうまれうわきのかばやき》』を書いた方ですよね」

「それは山東京伝だっつうの」

春町、ぽんとおつらを叩《はた》く真似をした。

まったく、よりによって京伝ごときと間違えられるとは。だが、京伝はとりわけ若い娘に人気があるのだ。春町は年寄りと、なぜか駕籠《かご》屋に人気があるらしい。

おつらとはそのあと三度ほど会っているが、向こうから感想を言ってくるのを待っているのに、なにも言ってこない。今日こそは訊きたい。

まさか無筆ってことはないだろう。いや、あのとき、恋川春町とちゃんと読めたのである。

さっき食ったばかりで、飯はもう食う気はない。白焼きと酒を頼んだ。ひどく酔いそうである。

酒を持って来たおつらは、

「恋川さま、大丈夫ですか？」

と、眉《まゆ》をひそめて訊いた。

「なにが？」

「なにがって……」

はっきり言わない。

「ところで、おつらちゃん、あれは読んでくれたかい？」

「あ、すみません、まだなんです」

「あ、そう」

渡してからすでにひと月経つのである。『源氏物語』を読めと頼んだわけではない。たかだか十五丁の黄表紙。しかも、大半は文字よりも絵のほう。文字は、広大な別荘の、建物の部分くらいしかない。

「あたし、読もうとしたら近所の人に持って行かれて、まだ返してもらってないんです。もどったらすぐ読みます」

「いいよ、いいよ。そんな慌てて読んでくれなくても」

手を左右に振って言った。

おつらは忙《せわ》しく動き回っている。小柄で細身なので、なんだかひょこひょこした感じの動きである。そこがまた、可愛い。加えて物言いがやさしい。いまの春町にとって、町角の菩薩《ぼさつ》である。賽銭《さいせん》あげて拝みたい。

あれでけっこう大酒飲みである。このあいだはひどい雨の日で、ほかに客もなかったので、飲ませてみたら飲むわ、飲むわ。一人で五、六合ほどは飲んだのではないか。

それにしても今日は混んでいる。

春町が座っている縁台も、すでに四人が腰かけ、狭いくらいになっている。しかも、春町以外の三人は仲間同士。やかましくてしょうがない。とても、おつらとゆっくり話すどころではない。

じつは、おつらにはもう一つ訊きたいことがあったのだ。

それは、あのさんざん飲ませた夜、おつらが酔ってしまって、神田明神《かんだみょうじん》前の長屋まで相合傘で送り届けてやったとき、神社の柱の陰に引っ張り込んで口吸いをしたそのことを、

「覚えているかい？」

と、訊きたかったのである。

四

どうにもうるさくて、話はまたにしようと外に出た。

半町ほど引き返したところで、

「おや、恋川さま」

絵師の北尾重政《しげまさ》とばったり会った。

「おう、北尾《きたお》さん」

「売れてますねえ、『文武二道』」

と、北尾は言った。

この北尾重政というのは変わった男で、大手の版元である〈須原屋《すはら》〉の倅《せがれ》だったが、絵師になりたくて弟に店を譲ってしまった。幸い売れっ子になって、いまは一派をなしている。山東京伝も春町と同じく絵も描けるが、その絵のほうは北尾に習い、北尾政演《まさのぶ》という画号までもらっている。また、『鸚鵡返文武二道』の画を担当したのは、北尾重政の弟子の北尾政美《まさよし》だった。

それくらいだから、版元の動向、戯作の売行きなどについても滅法くわしい。

「まだ売れてるかね？」

「いまが三月の半ばでしょう。一万五千は行きますな」

一万五千部といったら大変な部数である。売れない戯作者あたりだと、五百部行くかどうか。春町もそこらは訊きにくいが、せいぜいそんなものだろう。

江戸っ子の数は百万。買って読む者より、貸本屋で借りて読む者のほうがはるかに多いのである。一冊を二十人が借りたとすると、江戸っ子の三人に一人は春町の新作を読んでいることになる。これはやはり嬉《うれ》しい。

「そこまで行くかね」

前作の『悦贔屓蝦夷押領《よろこんぶひいきのえぞおし》』が、蔦屋ははっきりしたことは言わないのだが、一万二千部ほどは売れたらしい。たしかにそれよりいい売行きというのは実感しているので、一万五千まで行っても不思議はない。

もっとも、いくら売れようが、戯作者や絵師にはあまり関係ない。直接の儲《もう》けはすべて版元の蔦屋に入るのだ。

「もしかして、恋川さま、うなぎ屋？」

北尾はいきなり訊いた。

「え？」

ずばり当てられて、春町は動揺した。

「おつらちゃん？」

そういえば、北尾といっしょに蔦屋の近くで飲んだとき、おつらのうなぎ屋で飲み直して、「あの娘《こ》、可愛いだろう」などと言った覚えがある。

だが、春町は、

「ああ、あの娘ね」

と、すっとぼけた。

「だいぶ惚《ほ》れてたみたいですが」

「なにを言ってるんだ。おれがあんな若い娘に惚れたらまずいだろうよ」

「なにもまずくないですよ。十八は立派な大人の女でしょう」

北尾重政は、たいそう女にもてる。美男というほどでもないのだが、笑顔がやさしげである。女を安心させる顔だろう。

しかも、なにより女といっしょにいて、話をそらさない。

そのあたりが、春町はどうもいけない。たまたまうまい具合に話が運んで、女と差し向かいで飲むことになっても、お猪口《ちょこ》一杯飲み干すあいだに、かならず一度は白けた雰囲気が通り過ぎるのだ。笑っていても、ふいに笑いが引きつったり、話すことがなくなったりする。

北尾といっしょだと、女のほうが北尾に一生懸命話すのである。あれが聞き上手というものだろう。春町は、自分といっしょにいて女があんなに話すという場面になったことがない。いかにも早く帰りたそうにする。「帰るか」と言うと、嬉しそうにする。そのくせ手みやげを渡すと最後だけ、色っぽい目でこっちを見る。

また春町は、戯作に向かっているときなどは、いくらでも台詞や筋書きがあふれ出てくるのに、女と話そうとすると、さっぱり話題がなくなるのだ。あれはいったいなんなのだろう。

「おつらちゃんは迷ってますね」

と、北尾は言った。

「なにを?」

「だから、恋川さまとわりない仲になるべきかどうか」

「あ、そう?」

「気がないわけじゃないですよ」

「ほう」

北尾の見る目なら外れはないだろう。これはいいことを聞いた。

たしかに、口吸いまでさせたのだから、嫌いということはないだろう。そうか、おれの女にするまで、あと一歩か。

春町はなんだか嬉しくなってきた。

「恋川さま。じゃあ、また」

と、いったん踵《きびす》を返したが、北尾重政はふと立ち止まって、

「そうそう。政美はやっぱりやりすぎましたね」

と、言った。

「やりすぎ？」

もっと訊こうとしたが、北尾はもう着物の裾《すそ》を颯爽《さっそう》とひるがえし、駿河台《するがだい》のほうへ歩き出していた。

五

どうも、あちこちで春町のことが噂になっているみたいである。しかもそれは『鸚鵡返文武二道』に関わることらしい。

春町はなんのことやらさっぱりわからない。わずか十日、床に臥《ふ》して世のなかからいなくなっているあいだに、なにがあったのか、なにが変わったのか。

いつも歩く道を一本間違えたみたいな、奇妙な違和感。

あるいは潮目が変わったのかもしれない。

人生にはときどきあるのだ。自分は同じ調子でやっているにもかかわらず、周囲が違って来ていて、自分まで別のほうへ持って行かれてしまう。黄表紙が急に売れ出したときも、そんな感じだった。

あいつならなにか知っているだろうと、蔦屋重三郎に会いに行くことにした。

日本橋通油町《にほんばしとおりあぶらまち》。いまをときめく地本問屋の〈耕書堂《こうしょどう》〉。

ちょうど店頭にいて、

「あ、これはこれは恋川さま」

と、そつのない笑顔を見せた。

春町が店の上がり口に座ろうとすると、

「こんなところじゃいけません。さ、さ、奥へ、奥へ」

茶室めいた裏の部屋に。

わきの坪庭が枯山水。そのくせ、床の間の掛け軸は歌麿《うたまろ》の色鮮やかな女の肉筆画。

茶を飲んで悪酔いしそうな部屋だが、居心地は悪くない。

すぐに茶が運ばれて来る。薄茶だが、香りのいいものである。

一口すすって、

「十日ほど風邪で寝込んでいたんだ」

と、春町は切り出した。

「そうでしたか。おっしゃっていただければ、見舞いをお届けしましたのに」

「そんなことはいい。それより十日ぶりに町に出たら、なんだか妙な雰囲気なんだ」

「と、おっしゃいますと？」

「噂をされているみたいだ。それで、いろんなやつがおれに大丈夫ですか、などと訊きやがる。なにが大丈夫なのか、さっぱりわからぬ」

「はい」

と、蔦屋はうなずいた。

「あんた、知ってるのか？」

「あたしも言われているところでございます」

「あんたも？　なんなんだ？」

「どうも、ご老中の松平定信《まつだいらさだのぶ》さまからお呼び出しでもあるのではないかと」

「呼び出し？」

「恋川さま。なにかお心当たりはございませぬか？」

春町、ちょっと考えて、すぐにぴんと来た。

「ははあ、あれだな。このあいだの花見のときだ。白河《しらかわ》公のご家来がいるだろう。ほら、自分も狂歌をやりたいと、ときどき顔を出すやつ」

たぶん、いずれ自分も戯作の一つでもという手合いなのだ。そんなことする暇あったら、もっと働けと言いたいが、なんのことはない自分もその口である。

「ああ、はい。たしか、服部正礼《はっとりまさのり》さまとおっしゃいましたな」

「あいつから言われたのさ。ご老中が、朋誠堂《ほうせいどう》さまと恋川さまで一度酒でもと申しておりましたと。そのことではないか？」

「そんなことがございましたか」

「ああ。そのやりとりはほかに何人も聞いていた。戯作者連中もな」

誰がどんな反応だったかは忘れたが、羨《うらや》ましそうにしていた者もいれば、変に顔を引きつらせた者もいた。

「なるほど。それは話も回りますな」

「だが、おれはちゃんと返事をしていないぞ」

「そうですか」

「あれは正式な誘いだったのかな」

とてもそうは思えない。

「では、なぜ、誘われたとお思いです？」

と、蔦屋が訊いた。

「え？　なぜだ？」

理由などとくに考えもしなかった。

「おわかりになりませんか？」

「なんだよ」

「あたしは『鸚鵡返文武二道』にお怒りになったのだろうと」

「あれで、なんで怒るんだよ」

と言って、春町は鼻でそよ風を吹かせた。

六

『鸚鵡返文武二道』という題は、松平定信と縁が深い。

「鸚鵡返」というのは、定信が書いた『鸚鵡詞《おうむのことば》』に引っかけてある。この『鸚鵡詞』は、出版されたわけではないが、書き写され、多く世間に出回って、知っている者はいっぱいいる。また、「文武二道」も、定信が政治の改革の中心に据えた武士の「文武両道」と同じ意味である。

題を一目見て、松平定信の政治を題材にしているとわかるのである。

だが、単にそれだけ。

本の最初には前書きとしてこんなふうに書いた。

「唐土《もろこし》のものの本にこう書いてあった。鸚鵡が話すといっても、しょせんは鳥がしゃべることである。口のうまい女郎がいても、ぺらぺら口が回るだけで理屈は通らないのと同じようなものだろう——と。このわたしも本など書いてはみたが、せいぜい他人の著作を盗んだようなもの。鸚鵡どころか、九官鳥に毛が生えた程度に過ぎないのである。とほほ。寿亭主人こと、恋川春町」

たかだか黄表紙の書くことですと、思いっ切り卑下してみせた。

中身のほうも、定信の政策にけちをつけているわけではまったくない。むしろ、文武両道大いにけっこうだろう。ただ、それをちゃんとできない武士のほうを茶化したのだ。

舞台は、醍醐《だいご》天皇の御世《みよ》のころ。

いまが舞台ではさすがにまずい。だから遠い昔の話なのである。

武士があまりにだらしないので、帝《みかど》は文武二道を奨励することにした。

その一案として、剣術の師匠として、源 義経《みなもとのよしつね》を呼び出したりする。

醍醐天皇と義経では時代が違う。それについても、

「たかだか臭草紙の書くことだぜ。ほっといてくれ」

と、ふざけた。

　こうして義経の弟子になった武士たちだが、

「剣術が上達するためには、義経先生が牛若丸《うしわかまる》と称して五条大橋《ごじょうおおはし》で千人斬りをしたように、とにかく数を斬らないと駄目だな」

「そりゃそうだが、いまどき町人なんか斬り捨ててみろ。かならず咎《とが》められてこっちの身も危ないわ」

「だったら、町の繁華なところに出かけて、木刀か竹刀で町人どものケツを叩いて回るか」

「千人斬りならぬ」

「千ケツ叩き」

　ぺったんぺったんと、町人のケツを叩いて回る。

「これで九百九十九人。あと一人で、千ケツ叩きはおしまいだ」

「あいつらも、ケツ叩かれて、フンの詰まりも治っただろう」

「お、最後の一人がやってきた」

「これでわしらは免許皆伝、あいつは便所快便。あっはっは……」

　とまあ、この程度の悪ふざけ。

「ふん」

と、春町はもう一度、鼻を鳴らした。

天下の老中首座があれくらいで怒るわけがない。むしろ面白がって、駄目な武士をもっと叱ってやってくれと頼まれるくらいだろう。

だから、あの服部なにがしも、朋誠堂喜三二《きさんじ》といっしょに誘ったのだ。口調もまるで深刻そうではなく、笑みさえ浮かべていた。

それより、気をつけないといけないのは、この蔦屋のほうなのだ。どうもいいように利用されている気がする。

この男、妙に胆が据わっていて、なにか不気味な感じさえするのだ。

意志は強い。約束は守るし、とにかくぶれない。だが、逆にぶれない男というのを、春町はあまり信用しない。人間なのである。ぶれて当たり前ではないか。そこに思案というものがあるのだろう。

口数はあまり多くない。だから、どれくらい考えて物事を決めているのかわからないが、決めたら梃子《てこ》でも動かない。

名伯楽と評判である。

だが春町に言わせれば、外していることも多い。ただ、いったん評判になった若いやつを取り込むのがうまいのだ。

蔦屋は、吉原のことは隅から隅まで知り尽くしている。なにせ吉原の郭内で生まれ育った男。一度、いっしょに歩いていて、前を通り過ぎた猫の飼い主まで知っていたのに驚いたことがある。

その蔦屋が自腹を切って若い戯作者や絵師の卵を遊ばせてやる。しかも一度ではない。二度、三度。金のことはもちろん、ふるまい方からなにからすべて面倒を見、教えてくれる。蔦屋がそばにいてくれたら、なにも心配はいらない。

蔦屋に三度、吉原に連れて来てもらったら、もう吉原のなじみになっている。そして、蔦屋はこう言うのだ。

「あたしのところでいい仕事をなさって、ぜひ、お一人でたっぷり遊べるようになってくださいよ」と。

これでは若い者はたまらない。かならず蔦屋で仕事をするようになる。

だが、春町は別に蔦屋に育てられた覚えはない。

春町を売り出してくれたのは、老舗〈鱗形屋《うろこがたや》〉のあるじ・孫兵衛《まごべえ》だった。その鱗形屋が、いろいろしくじりをして店を傾かせたとき、蔦屋が猛然と誘いをかけてきたのである。

すでに春町は黄表紙の大家、いやそれどころか黄表紙という新文芸を創り出したのが春町なのだ。だから、蔦屋には儲けさせてやっただけ。なにも恩義は感じていない。

「画のほうでやりすぎたんじゃないのか?」

と、春町は言った。北尾はそれを言ったのだろう。

「画ですか」

「帝の衣服が質素過ぎたり、町人がこっちにケツを向けていたり、おれが描いていたら、あんな絵柄にはしなかったぞ」

春町はずっと自分で文も絵も担当してきたのである。絵のほうもかなり評判がよかった。だが、蔦屋の仕事ではぜひ若い絵師を使ってくれと頼まれたのである。若い者を育てたいのですと。

そこまで頼まれればしょうがないと、春町は承知したのだった。

ただ、絵のほうには蔦屋が細かく注文をつけていたに違いないのだ。

「それで、町の連中は、おれが老中から叱られるのではないかと思ってるんだな?」

「おそらく」

「くだらねえな」

と、春町は言った。

「くだらないですか？」

「ああ。そんな噂、すぐに消えるさ」

「恋川さまがそうおっしゃるのであれば、安心です。あたしもこれはまずいことにならないかと、心配しておりました」

蔦屋はすこし安心したらしい。

「ところで、あんたは、白河公を見たことがあるのかい？」

と、春町は訊いた。

「恋川さまはないので？」

「それがないのだ」

江戸藩邸の重役をしていれば、たまに千代田《ちよだ》のお城へ行くこともある。控えの間では他藩の重役と顔を合わせ、いろいろ話もする。だが、そこで老中とはなかなか会わない。会った者もいるらしいが、春町はたまたまなのか、まだ会ったことがない。

「あたしは深川《ふかがわ》の霊巌寺の前でお見かけしました。菩提寺《ぼだいじ》だそうです」

「どんな男だった？」

「そうですな、真っ白いお顔をされてました。まあ、幽霊かと思うくらいに」

「真っ白なのか……」

それは定信なら地黒より色白のほうがしっくりくる。なにせ天下の老中首座、将軍補佐。しかも、血筋はただごとではなく、田安徳川家《たやすとくがわ》に生まれた八代将軍吉宗《よしむね》の孫。十一代将軍になる目だってあったらしい。

だが、その英邁《えいまい》なることを、当時権勢を振るった田沼意次《たぬまおきつぐ》に睨《にら》まれ、陸奥白河《むつしらかわ》藩に養子に出されてしまったそうだ。ために定信が田沼を憎むこと尋常ではなく、聞いた話では暗殺も考えていたらしい。

そんな定信の真っ白い顔というのを想像したら、なぜか春町は背筋が、
ぞおーっ。

と、したのだった。

七

恋川春町は、なんとなくすっきりしない気持ちで、版元の蔦屋を出た。

朋誠堂喜三二と話をしたいが、今日はもう疲れた。咳が出たりはしないので、風

邪がぶり返す懸念はなさそうだが、なにせ足が棒になっている。

通油町から十軒店《じっけんだな》に出て、今川橋《いまがわばし》を渡る。

鍛冶町の手前を左に曲がったほうが近道だが、うなぎ屋のおつらがのれんを仕舞おうとしているのが見えた。昼の客が途切れ、夜の店開きに備え、しばらく休息するのだろう。

棒になった足をそっちに向ける根性は、われながら凄い。

「やあ、おつらちゃん、また会ったな」

「あら、恋川さま」

笑顔を向けてくれた。

いい笑顔ではないか。いまの妻女がこんな笑顔を見せたことは、まず一度もない。むしろ前妻はよく笑う女だったが、もっとどろっとした濃厚な笑いで、こんなふうなふんわりした軽さはない。

昼の柔らかさと、北尾が言った言葉を思い出した。

「あ、そうそう。両国《りょうごく》に面白い見世物が出てるんだ」

「へえ、そうなんですか」

「よかったら、今度、見に行かないかい。ついでに凄くおいしいみつ豆もごちそうするぜ」

「ありがとうございます。あたしも恋川さまにお話ししたいことが」

「あ、そうなのかい。いつがいい？」

心が躍った。こういうのはすぐ約束を取りつけないといけない。

「明日のいまごろでしたら、ちょっと店を抜けられますけど」

「うん。わかった。いまごろ顔を出すよ」

何気ない顔で、十間ほど歩いたが、いっきに顔が崩れた。

――やったぞ。

昼間、素面で会うというのは、気持ちが近づく前兆みたいなものだろう。

帰りの道を歩きながら、春町は考えた。

――自分にとって、菩薩のような女とは……。

それは、やはり「遊べる女」だと思う。

別に身体を弄《もてあそ》んで、飽きたらすぐ捨てられる女という意味ではない。

であれば、吉原に行けばいい。あそこは菩薩だらけである。

いっしょに遊べる女。

面白いことをいっしょに楽しめる女。

だから、すぐ怒る女は駄目。めそめそする陰気臭い女も駄目。といって、きゃあきゃあけたたましいだけの女も違う。

まだ寺子屋に通い出す前の、七、八歳の男の子と女の子が、仲良く遊んでいる光景をたまに目にすることがある。その年ごろだと、誰も妙な目で見たりしないから、あけっぴろげに仲良くしている。

あれこそ春町の、男女の理想のかたち。

いかにも無心に楽しんでいる。

つまらないこの世で、男と女が楽しく遊び戯れる。それこそ至福のときではないか。

――だが、ほんとにおつらは、おれにとって菩薩の女なのか……。

春町の胸を不安がかすめる。

見た目こそどんなに愛想のいい、可憐《かれん》な娘でも、やっぱりいまどきの江戸娘という疑いはある。

つまり、蓮《はす》っ葉で、情よりは実益を好み、あっちこっちに色目を使っている。後ろに男がついていたりしても、まったく不思議はない。

しつこくするとその男が出て来て、面倒なことにもなりかねない。

——おれはしょせん頭でっかちの戯作者なのだ。あまり、期待しないほうがいい。

今後のなりゆきも、おつらの本当の姿のことも……。

春町はそう言い聞かせながら、とはいえそれが杞憂《きゆう》であることを願いながら、武家地の堅苦しい町並を歩きつづける。

八

十日寝込んだあとの外出が、ずいぶん長くなってしまった。

へとへとに疲れてもどってくると、藩邸の門を入ったところで門番がなにか言いたそうにした。

「なんだ?」

「あ、いや」

とそこへ、後ろから甲高い声がした。

「まあ、お前さま!」

春町の妻が立っていた。

その眉根には、人生の区切りみたいな重々しい縦皺《たてじわ》。

「なんだよ」

「病みあがりだというのに、どこへお出かけでした。藩邸のどこかで倒れているのではないかとずいぶん捜しました」

「馬鹿なことを言うな」

「本当ですよ」

妻がそう言ったとき、

「あ、倉橋さまがいらっしゃった」

「ほんとだ。ご無事でよございました」

「いったい、どうなすったかと」

若い藩士や、小間使いの女などが、ぞろぞろあちこちから出て来た。

あげくには、

「寿平、どこに消えていたのです？」

「心配かけるでない」

「父上、ご無事で」

家族三人まで出て来たのには頭を抱えたくなった。武家はなにごとも大げさなのだ。町人も照れるような、嘘臭い人情芝居。

「なにをこんなに騒いでいるのだ」

妻をなじると、

「そんな。皆さんが心配してくださったのですよ」

軽くいさめるようにして、一人ずつに礼を言い始めた。

丑吉がいたので、春町は寄って行き、

「なんでこんな騒ぎになったんだ？」

「いや、でも、倉橋さまには口止めされておりましたし」

「さりげなく匂わせるくらいはできなかったのか？」

「ええ、しました。もしかしたら、近所にうなぎでも食べに出られただけでは、と申し上げたのですが」

「そう言ったのか？」

だとしたら、よく気のつく下男ではないか。

「はい」

「だが、あいつは聞かなかったのか」

「うなぎなんか食べたらもどしてしまいますと」

「ふうむ」

どうもわざと騒いだような気がする。

藩邸内の者たちに自分の良妻ぶりを見せつけた。あの妻にはぜったいそういうところがある。

「まったく遊べない女だな」

と、春町は言った。

「は？」

丑吉は怪訝《けげん》そうな顔をする。

「いいんだ。こっちの話だ」

いまの騒ぎでさらに疲れ果て、部屋にもどって横になろうとしたら、布団が畳んであるではないか。

そこまで言うなら布団は片づけずに敷いておけと、胸の内でののしった。

朋誠堂喜三二には明日会いに行くことにして、丑吉を使いに出しておいた。

九

翌朝――。

早く起きて、たまっていた藩邸の仕事を片づけなければならない。

藩主が付き合いのあるいくつかの藩で、近々祝儀がある。それらの進物を決め、届ける手配をした。

やはり藩主が親しくしている旗本では法事がある。これは、代理で春町が出席しなければならず、その手配を済ませた。

また、他藩の用人から養子の世話を頼まれた。小島藩にぴったりの次男はいないが、心当たりがあり、その紹介をする文を一つ書いた。

藩の進物用の菓子を頼んでいる近くの菓子屋が、新しい菓子をつくったと持ってきてある。茶を飲みながら、この味見をした。なかなかうまいので、今度なにかのおりに頼むと返事を書いた。

奥方さまから、藩邸の中の板敷きの部屋に畳を入れたいという打診があったらしい。なんのためか、わからない。古くてもよければ、ほかの部屋の畳を移してもらいたいのでそれを頼みに行き、了承してもらった。

駕籠かきとして雇った渡り中間のかつぎ方があまりうまくないというので、じっさい春町が乗ってその検分をした。たしかにひどく揺れるが、かつぎ方のうまい下手など春町にわかるわけもなく、とにかく稽古《けいこ》をさせるしかない。

昼前にようやくこれだけの仕事を終え、朋誠堂喜三二に会うため、下谷七軒町《したやしちけんちょう》の久保田《くぼた》藩邸に向かった。昨日、丑吉が返事をもらっていて、昼九つ（正午ごろ）に来てくれてかまわないとのことだった。おつらとはそのあとで会う。

朋誠堂喜三二は、本名を平沢常富《ひらさわつねまさ》といい、出羽《でわ》久保田藩二十万石の江戸留守居役である。春町の年寄本役も同じような仕事だが、駿河小島藩の一万石と比べたら、格も忙しさも桁《けた》が違う。

春町より九つ歳上。いわば兄貴分。

黄表紙こそ春町が先んじたが、二年後には喜三二も黄表紙を発表、たちまち売れっ子になって、江戸に黄表紙旋風を巻き起こした。

付き合いはその前、狂歌をつくっていたころ。

喜三二は気散じの洒落《しゃれ》だが、このほかに狂名の手柄岡持《てがらのおかもち》など、いくつもの戯名《たわれな》がある。春町にもあり、狂歌の名もけっこう知られていて、酒上不埒《さけのうえのふらち》という。

二人とも、狂歌はあまり得意ではなかった。五七五七七の定型に機知を埋め込むのが、どうも肌に合わない。物語をつくるという才を、生かし切ることができないのだ。春町の『金々先生《きんきんせんせい》』が当たったとき、喜三二がやって来て、

「じつはわしもああいうのを書きたかったんだ。真似ても構わぬか？」

と、訊いた。もちろん構わないと答えた。

喜三二は、春町が想像したより面白いものを書いた。この男も物語を書きたいのだとわかったのだった。春町は面白いので絵も描いてやった。初めて、同志ができたような気がしたのを覚えている。

久保田藩邸は、三味線堀《しゃみせんぼり》の真ん前。東照宮《とうしょうぐう》の陽明門《ようめい》よりは落ちるが、それでも駿河小島藩のと同じ正門には思えない。

顔なじみの門番に来意を告げ、すぐに通してもらう。

屋敷のなかの喜三二は、いかにも品がいい。つねづねうまいものを食っているから、肉付きも肌の色艶《いろつや》もいい。悪いのは、女癖くらい。

国許《くにもと》から届いた帳簿を見ていたが、

「なんだ、倉橋。相談ごととは？」

「ちょっと、ここじゃまずいよ」

「昼飯は？」

「まだだよ」

「じゃあ、お絹《きぬ》の店にでも行くか」

お絹というのは、喜三二の妾《めかけ》で、ここからも近い浅草《あさくさ》阿部川町《あべかわちょう》で茶飯の店をやらせている。

喜三二の狂歌の弟子だった女である。春町も知っていて、当初は別の狂歌作者の弟子だったのを、

「あんたは、わしの弟子になったほうが才気の筋が伸びる」

とか、わけのわからないことを言って、結局、ものにした。喜三二にとって菩薩のような存在なのか訊いたら、

「菩薩？　色っぽい尼さんみたいな存在だ」

と、答えた。

その店に来ると、客席がいっぱいだったので、二階のおかみの部屋に入れてもらった。

おかみであるお絹が挨拶《あいさつ》に来て、

「平沢さま。ヒラメの煮つけと茶飯でよろしいですか？」

と、訊いた。もう三十くらいになったのではないか。いくらか老けたが、あいかわらずきれいである。鉄漿《おはぐろ》をしていない白い歯が、やはり歳より若く見せている。

「ああ、それで頼む」

春町は、出てきた飯を食べながら、

「じつは、十日ほど寝込んだのだが、そのあいだ、おかしな噂が出回ったらしい。平沢さん、聞いてないかい？」

と、訊いた。

「わしもこの十日ほどは藩政のことで忙しくてな、ずっとここに籠《こ》もりっぱなしだった。なんだ、おかしな噂とは？」

「どうも、白河公が、おれたちの戯作に立腹しているというのさ」

「白河公が？」

喜三二も意外そうな顔をした。

十

朋誠堂喜三二は、松平定信が幕政に参加したすぐ翌年、黄表紙の『文武《ぶんぶ》二《に》道万石《どうまんごく》通《とおし》』を売り出した。

「文武二道」は、春町の黄表紙と同様、定信の掲げた「文武両道」のことである。「万石通」とは、米とぬかを分ける精米の器具の名。だが、これを文武二道にくっつければ、武士は万石以上の大名と、万石以下の旗本に分けられるように、武士の仕分けを連想させるものとなる。

じつに巧妙な題なのである。

そのためもあって、正月に発売されると、あっという間に売れた。

話の舞台は、おなじみの鎌倉《かまくら》時代。源頼朝《みなもとのよりとも》が、優秀な家来として知られる畠山《はたけやま》重忠《しげただ》と、近ごろの武士の体たらくについて嘆いているところから始まる。

もちろん江戸っ子はこの絵を見て、誰も鎌倉時代の話とは思わない。源頼朝がやけに若く、少年のように描かれている。明らかに、十六歳の将軍家斉《いえなり》を示している。また、かたわらの畠山重忠は、家紋が星梅鉢になっている。松平定信の家紋も星梅鉢。

だが、この絵から二人への悪意やからかいはそれほど感じられない。定信にしても、美男に描かれ、しかも畠山重忠に喩《たと》えられるのは、けっして侮辱ではないだろう。

かくして、頼朝と重忠の、武士の仕分けが始まった。

武士たちは、富士山の麓《ふもと》に集められ、三つの洞窟《どうくつ》から選んで入るよう命じられる。

その三つは――。

いかにも学問の道を示している〈文雅洞〉。

恐ろしげで、武術がないとひどい目に遭いそうな〈妖怪窟〉。

そして真ん中にあるのが、老いることなき長生きの〈長生不老門〉。

文武を学ぶべき武士なら、文雅洞か、妖怪窟を選ぶべきだろう。

ところが、その二つに入る武士は少なく、大勢の武士がぞろぞろ長生不老門に入って行くから笑ってしまう。

しかも、出て来たときのようすでまた笑わせる。

「なんだか、妙な穴だったなあ」

「ぬらぬらした液が出てきたぞ」

「壁をこするとときどき潮を吹いたぞ」

「強精剤でも飲んでくればよかったなあ」

「いやあ、足もふらふら」

「身体はぬらくら」

「穴に嵌《は》まったんだ」

「穴に嵌まると抜けるのも大変」

「と言いつつ、おぬし、嬉しそう」

　まさに、ぬらくら武士たちというわけである。

　春町、初読して呵々大笑《かかたいしよう》。それで、おれの次作もこの路線で行こうと思ったのだった。

「平沢さん、『万石通』は自分で書きたいと言ったのかい？」

　と、春町は訊いた。

「いや、蔦屋から書いてくれと頼まれたのさ。じつは、あの題も蔦屋が考えてきた」

「そうなのか」

「序文にもはっきり書いただろう。蔦屋に頼まれて書いたのだと。あれは嘘を書いたわけではない」

「そうだったね」

「蔦屋は商売がうまいな」

　喜三二は、つくづく感心したというふうである。

「白河公とは会ったことは？」

と、春町はさらに訊いた。

「お城では何度かすれ違ったが、正式に挨拶したことはないな」

「平沢さん、もしもだぜ、白河公からなにか訊かれたら、言い訳できるかい？」

「それはできる。なにも疚《やま》しいことなどない」

「おれもないよ」

「だが、いまとなると、やり過ぎたかという気持ちもなくはない」

「なんだよ」

ちらりと喜三二の弱気が見えて、春町は鼻白む。

「また、なまじおぬしのもわしのも売れたからな。売れるのも善し悪しだ。かならず、足を引っ張るようなやつがいる」

「まったくだ」

もっと露骨に松平定信の政をからかった黄表紙もあるが、とくに譴責《けんせき》を受けたという話は聞かない。

「もし、本当に怒っているとしたらだぞ、からかわれて身に覚えのあるやつが、白河公に告げ口したんじゃないのか」

と、喜三二は言った。

ぬらくら武士の仕返しである。

「それはあるな」

春町はうなずき、

「売れたことへの妬《ねた》みだってあるだろうし」

と、付け加えた。

売上の一部がそのまま戯作者の懐に入るわけではないが、しかし蔦屋からは当然、さまざまな見返りがある。おおっぴらには言えないが、金色に輝くものもある。

そのあたりを妬む手合いも多いはずである。

「それと、わしは蔦屋に乗せられている気もする」

と、喜三二は言った。

「平沢さんもそう思うかい」

「あれは曲者《くせもの》だ」

「平沢さん。あいつが、以前、あたしは次の馬場文耕《ばばぶんこう》を世に出したいんですと、ぽつりと言ったのを覚えてないかい？」

と、春町は訊いた。

「次の馬場文耕？」

喜三二は目を剝《む》いた。

馬場文耕は、このときから三十年ほど前に、お上を批判する異説を記し、言い触らした罪で獄門に処された講釈師である。

だが、馬場文耕を軽蔑《けいべつ》する戯作者はいないはずである。お上の圧力にまるで屈しなかった。その反骨の姿勢は驚嘆するほどである。

しかも、作は素晴らしかった。いまだに、ひそかに筆写本が回覧される。春町も大田《おおた》南畝《なんぽ》から『近世江都著聞集《きんせいこうとちよもんじゆう》』を借りて読んだ。ほかも読みたいと思ったが、南畝は持っていないし、それもその場で読んで、すぐに戻させられた。

まさに、戯作者からしたら、ふぐを食うときのような思いをさせる人物なのだ。

「あのとき蔦屋もずいぶん酒は入っていた。だが、たしかにそう言ったんだ」

と、春町は怪談話でも語るように言った。

「ほう」

「危ないよ、あの男は」

「倉橋。ここまではもうしょうがない」

「ああ」

「この先は、気をつけるようにしよう」

「もし、白河公から正式に呼び出されたら？」

春町は訊いた。

「そりゃあ行くしかない。むしろ、行ったほうがいい」

と、喜三二は言った。

そういう結論で、この日は喜三二と別れたのだった。

十一

急いでおつらのうなぎ屋に向かった。

おつらはすでにうなぎ屋の外で春町を待っていた。小柄なおつらは、そうして立っていると、いかにも頼りなさそうである。

「お、待たせたな」

「いいえ。早めに出てたんです」

と、可愛いことを言った。

「舟を拾おう」

「え、舟？」

「馬喰町《ばくろちょう》のところまでさ」

「まあ」

ほんのちょっとでも舟を使うと、若い娘は喜ぶのだと、これは北尾重政に教わった。もてる男は違うと感心したが、その真似である。

馬喰町の河岸で降りると、両国広小路《ひろこうじ》は歩いてすぐだった。

「うわぁあ、凄《すご》いな」

思わず声が出た。

今日も祭りのような混雑ぶり。人が横町や店のなかから、蟋蟀《こおろぎ》や蜚蠊《あぶらむし》のように、次から次へぞわぞわと湧いてくるようで気味が悪い。武士も町人も百姓も老若男女もごっちゃまぜ。子どももいる。子どもをこんなところに連れて来るなと春町は言いたい。目立つのは、きょろきょろしっぱなしの浅葱《あさぎ》裏《うら》と、舞台では見たことのない役者崩れ。当然のことで、そっちこっちでぶつかり合う。「やあね、あんた」「なんだ、馬鹿野郎」女の声はよく聞こえ、男の声は低く柄が悪い。声が集まって、ぶぉーんと唸りのような喧噪《けんそう》になっていた。

人が集まれば店ができ、その店がまた人を呼ぶ。とくに人を呼ぶのが、芝居小屋

に見世物小屋。それらが並ぶ一角に来て、

「あ、これだ、これ」

橋のほうまでは行かないあたりで、春町は看板を指差した。

恐ろしく肥《ふと》った女の絵が描いてある。

小屋主が口上を述べている。

「食いに食いまくって、ついに六十貫目も超えてしまいました。名づけて真ん丸娘。でぶでぶとした身体だけでも見ものですが、これだけふくらむと、いくら重くても、風に流され、転がるようになっちまったんです。真ん丸娘が、ころころと転がるようすをお目にかけます。その奇妙なこと、笑えること」

「これは笑えるらしいぜ」

と、春町は言った。

「でも、あたし、それより」

「ん？」

おつらの視線は隣を向いている。

絵はないが、

「今日、ここで腹切ります」

と、書いてある。

いかにも怪しげな小屋主が、

「今日しか見られない、哀れなご浪人の一世一代の芸だよ。かわいそうに、最期を見てやっておくれ」

などと言っている。

おつらは笑える見世物より、その隣の薄気味悪い小屋に興味があるらしい。

「そっちがいいのかい？」

と、春町は訊いた。

「ええ。怖いの、好きなんです」

春町は気が進まなかったが、仕方がない。

二人分の木戸銭を払って中に入ると、かなり暗い。客は狭い土間に百人近く入っている。

正面にろうそくの明かりがあり、浪人姿の五十くらいの男が座っていて、

「おれはもう駄目だ。生きていても、ちっともいいことはない。今日も、ここに来る途中、すれ違いざま、屁《へ》をかけられた……」

などと愚痴を言うので、客はどっと笑った。腹切る前に、人を笑わせるなと言い

たい。この時点ですでにこれはいかさまだと見え見え。

ひとしきりくだらない愚痴で笑わせたあと、男はおもむろに腹を出した。縫った痕《あと》がいっぱいある。ほんとに切るのだと思わせる。

腹を撫《な》で、「やっ」と短刀を突き刺すと、横にえぐった。

「きゃあ」

と悲鳴が上がり、内臓がどっと出てきたところで、ふうっと明かりが消えた。

「ああ、怖かった」

と言いながら、おつらはそれほど怯《おび》えてはいない。むしろ、春町のほうが気持ち悪くて吐きそうである。が、おつらの前でみっともないところは見せられない。

いま思えば、首や手は本物だったが、腹はつくりものだった。それを横に切れば、豚の内臓でも飛び出る仕掛けになっていたのだろう。いかにも両国のあざとい見世物小屋がやることである。

それを、武士が切腹の真似を見て、吐いたなんてことが知られたら、戯作のしくじりどころではない。

自分に比べておつらの度胸のいいことといったら。相当図太いのか、じつはかなりの莫連娘《ばくれん》なのか。

春町は後ろを振り返った。若い男が跡をつけて来ていないか。あとで、「おれの女になにするんだ？」と脅されるかもしれない。

だが、これだけの人出である。五十人に跡をつけられてもわからないだろう。

小伝馬町《こでんまちょう》の〈柳に風〉という店名の甘味屋に入った。

ここは若い娘に人気のある甘味屋だと、蔦屋に聞いていた。あの男はどこにどんな店があるというのをじつによく知っている。女の書き手と打ち合わせるときは、こういう店でやるのだろう。

「まあ、素敵なお店ですね」

入ってすぐ、おつらはそう言った。

「そうかい？」

春町は店の中を見渡したが、どこがいいのか、よくわからない。

「障子の色も、座布団も、ぜんぶ洒落てますよ」

「そりゃあ、よかった」

座敷が高めの衝立《ついたて》で区切られている。

庭を眺められる場所に座った。

「ほんとに素敵」

「みつ豆もうまいらしいぜ」

「まあ」

注文を取りに来た仲居に、みつ豆を二つ頼んだ。注文を受ける仲居の態度も丁寧で、おつらはそんなところも気に入ったらしい。

春町はみつ豆を食べるうち、さっきの気味悪い見世物のことも忘れていた。やはり、昼間の逢瀬《おうせ》はいい。もっとも話は期待したほどはずまない。

ゆっくりみつ豆を食べ終え、茶を一口すすって、

「おれは、おつらちゃんのことを菩薩だと思ってるんだよ」

北尾重政を真似たやさしい口調で言った。

「菩薩？　あたしがですか？」

当惑するような顔になった。

「菩薩といっても、そんな堅苦しい人だと期待しているわけじゃないよ。おれの菩薩というのは、説明がいるんだけど、遊べる女なんだ」

春町はそう言って、言葉を止めた。

ここは黄表紙でも、紙をめくらせるその間のところである。

だが、おつらの反応がおかしい。

目に涙がたまってきた。

「遊べる女って……ううっ、よくもそういうことを、本人を前にして言えますよね」

あっという間に涙が溢《あふ》れ、つつっと流れたものだから、春町は焦った。

「いやいや、だから説明がいると言っただろ」

「遊べる女に説明など要りません。勘弁してください」

「だから、よく聞いてくれよ。『いっしょに遊べる』だよ」

「同じでしょ」

「違うんだ」

と、説明した。

「このつまらない、苦労ばかりの世のなかを、いっしょに遊ぼうと。そういう気持ち、わかってもらえないかな。おれの戯作も、要はそういうところにつながるんだよ」

「暢気《のんき》なものですね」

おつらは斜めの笑みを浮かべながら言った。

「え？」

「そういうのって、余裕のある人が言えることだと思いますよ。恋川さまはお侍で、遊んでいても給米をもらえるから、そういうことを言ってられるんじゃないですか。あの戯作もいっしょですよ」

そう言うと、おつらの背筋がすうっと伸びた。武士であれば、いざ、これから腹を切りますという構え。

——え？

春町も一瞬、緊張しておつらを見た。

「戯作、読ませていただきました」

「あ、ああ」

「最初、笑いました」

「そりゃどうも」

黄表紙は笑ってもらってこそである。

「でも、途中で変だなと思いました」

「変？」

「恋川さまってお侍ですよね」

「もちろん」

「あのなかで笑い者になっているお侍と、恋川さまは違うんですか？」

「いや、まさにいっしょだよ。だから、いっしょに自分も笑ってるんだ」

「でも、給米はもらってるじゃありませんか」

「まあな」

「お百姓の年貢で食べて、駄目な武士の暮らし送って、それで町人にもそれを笑えっていうわけですよね」

「あのな、おつらちゃん」

そこは大事な、戯作の根幹のところである。韜晦《とうかい》と自虐。ひねりとうがち。それは笑いを誘うための技巧でもあり、戯作者の生き方でもある。

ふつうの読者には丁寧に説明しないとわかってもらえないところだろう——そう思ったところで、

「あちちっ」

お茶をこぼしてしまった。

袴《はかま》の前が濡《ぬ》れ、茶色い生地がたっぷり水気を吸ってまだらに黒ずみ、まるで粗相をしたみたい。

「これではお上の怒りを買うだろうと思いました」

と、おつらは言った。

「え？」

「あたしの知り合いは、これは無事では済まないだろうと言ってました」

「そうかもな」

春町は、居直った口ぶりで笑みを浮かべて言った。

「お返しします。読まなかったことにします。こんなことで、つまらないとばっちり受けたくないですから。では」

おつらは立ち上がり、足早に出て行った。

春町は唖然《あぜん》として見送るほかない。

これならろくでもない若い男が出て来て脅されたほうが、まだましだった気がした。

第二章　吉原のおわき

一

「ひさしぶりですね」

本部屋に入るところで、おわきが言った。

「そうでもないだろう」

「ううん。ふた月ぶり」

「そうだったかね」

恋川春町は吉原に来ている。廓《くるわ》の昼見世。

雨の中を来た。山谷堀《さんやぼり》からでなく上野《うえの》の山下《やました》のほうを通って来たが、あのあたりはぬかるみがひどく難儀した。

いまも窓の外は春の雨。糸のように細い雨が、蕭条《しょうじょう》と軒端《のきば》を濡らしている。雫《しずく》はつぶやきのように垂れている。少し寒い。しかし春町は、吉原の雨が好きである。

娑婆《しゃば》の雨とどこが違うのか。華やかで派手な吉原で雨に降られると、みじめでしょぼくれた気持ちになる。同時に、お前、浮《うわ》ついているんじゃないよと、忠告されている気にもなる。冷たいやさしさ。そう思えて心地よい。

「忘れちゃえば？　あちきのことなんか」

と、おわきは丸顔にはふさわしくない、冷たい言い方をした。

「どうしてそんなことを言うんだ」

いざほんとに冷たくされると、今度は心細い気持ちになる。

「悪い？」

おわきはからかうような顔になった。

「心では忘れても、この二本の指が、お前を忘れないんだ」

と、人差し指と中指を立てるようにした。冷たくされっぱなしではいられない。

春町のいやらしい逆襲。

「やあね」

おわきは、料理でもするように火鉢の炭をほじくり、鉄瓶を載せ、

「お酒は？」

と、訊《き》いた。

「酒はいい。すぐに床入りしたい」

「じゃあ、お湯ね。沸いてるかしら。見て来ます」

おわきは下の風呂《ふろ》場に見に行った。春町はことに及ぶ前、いつも湯を浴びたがる。汚れた身体で女を抱きたくない。女にも湯に入って欲しい。

ここは吉原もずっと奥のほう。京町《きょうまち》二丁目の小見世〈初音屋〉である。見世には格式があり、大、中、小ときて、それより下がるのは切見世。吉原ではそこが最下等となる。

春町は遊ぼうと思えば大見世に行けるくらい懐に余裕はある。もちろんそっちに揚がるときもある。だが、ここのおわきは昔からのなじみなのだ。気心が知れている。

「沸いてました」

と、もどって来た。

「いっしょに入ろう」

「わかりました」

春町はこの見世のお得意である。あるじや遣《や》り手婆《ばば》や若い衆《しゅ》にも心づけは怠っていない。すなわち融通も利く。

湯を貸し切りにしてもらって、二人で入った。

先に湯舟に浸《つ》かると、すぐにおわきが隣に来た。

「いい湯ですね」

「うん。雨の日に花魁《おいらん》と二人で昼間の湯に浸かる。これ以上の幸せがあるかね」

世辞ではない。ちりん、と三味線《しゃみせん》の音色が入りそう。端唄《はうた》にだって、こんないい場面は出て来ない。

「ほんとに」

おわきが身体をつけてくる。口吸いをし、豊満な乳房を揉《も》む。女の気持ちはしばしば残酷なくらいなのに、身体ばかりはどうしてこんなにやさしいのだろう。

おわきは熱いため息を吐いて、

「もう、恋川さまったら」

と、つぶやく。

「このあいだ、若い娘に振られたんだ」

うなぎ屋のおつらのことである。もうあのうなぎ屋には二度と行かないだろう。

「あら」

「口吸いまでさせといて振るかね」

「若いっていくつ?」

「十八かな」

「それくらいの娘はかんたんに振るわよ。次がいくらでもいるんだもの」

「おれはお前に振られたことはあったっけ?」

花魁の振るは、素人とは違う。浅く振るから深く振るまで十段階くらいある。

「そんなこともわからないんですか」

おわきは呆《あき》れたように言った。

本当にわからない。もしかしたら、ずうっと振られつづけているのかもしれない。

二

おわきとは、十四年前に『金々先生栄花夢《えいがのゆめ》』を出したときに知り合った。当時、おわきは大見世の売れっ子だった。

あれが売れたおかげで最上級の花魁としとねを共にすることができた。

それから何度通ったやら。『金々』で得た儲《もう》けは、ほとんどおわきのために使ったと言っていいくらい。

『金々』は思いがけず売れた。まさか、あんなに売れるとは思っていなかった。版元の鱗形屋孫兵衛もそう思っていたはずである。売れるとしたら、いっしょに出した『春遊機嫌袋《はるあそびきげんぶくろ》』のほうだと見込んでいたらしい。

正月に売り出されたが、『金々』のほうが飛ぶように売れた。それで鱗形屋は同じ色とかたちの黄表紙を連発し、ほかの版元も真似をして、たちまち地本問屋の店先は黄表紙だらけとなった。

それまで狂歌では二番手、三番手だった。だが、黄表紙という春町がつくった新しい文芸の世界では頂点に立った。

あの作で、春町は序文にこう書いた。

「とある書物にこう書かれてあった。浮世は夢のようだ、喜んでいられるときがどれほどあるだろう――と。じつにその通り。金々先生の一生の栄花も、邯鄲《かんたん》の夢も、粟《あわ》の粥《かゆ》が煮えるあいだほどのことではないか」

なんと、こんな文句を三十二のときに書いたのだ。

だが、本当に人生の短さについてわかっていたのだろうか。

それは単にものの本で読んだり聞いたりしたことの一つであって、ただの知識に過ぎなかったのではないか。

主役は、金々先生。

「金々」とは、流行りの髪形、衣装でめかすこと。

「先生」は、もちろんからかいの言葉。

その金々先生こと金村屋《きんむらや》の金兵衛《きんべえ》は、田舎から江戸の目黒不動尊《めぐろふどうそん》に参詣《さんけい》にやって来て、そのとき寄った粟餅屋《あわもちや》で、ついうとうとと昼寝をしてしまう。

その夢のなかで、いろいろな体験をする。

たとえば、深川の遊郭のおまづという女に夢中になったりもする。毎日通って金をずいぶん使ったが、おまづはもちろん単なる商売。表向きこそ金々先生に夢中になったように見せかけてはいるが、裏では源四郎《げんしろう》という恋仲の男がいて、金々先生の目を盗んでは楽しいことに及んでいる。

金々先生がいるところでも、おまづは茶屋の女と符牒《ふちょう》でやりとり。

「げこんかしころうさこんけが、きこなかさかいこと。いいかい？」

茶屋の女がそう言えば、

「いきまかにいけくこかくら、まこちけなことといきつけてくこんけな。よく言っておくれよ」

と、おまづが答える。

これは吉原で使われる符牒で、あいだに挟まるかきくけこは意味がない。それを省けば意味は通じる。すなわち、

「げんしろうさんが、来なさいと。いいかい？」

「いまに行くから、まちなと言ってくんな。よく言っておくれよ」

だが、金々先生はさっぱりわからない、という場面もあったりした。

要は、皆、こんな調子。田舎者が江戸の有名な場所で、流行りの体験を味わうが、しょせんは田舎者の夢。ひどい目に遭って目が覚める。

いま思えば、たいした作ではない。邯鄲の夢を、いまどきふうに味つけしただけ。だが、その味つけが新鮮に思われたのだろう。

これでほうぼうから、ちやほやされた。

いま思えば調子に乗った。呼ばれればどこへでも行った。変な誘いもずいぶんあった。三井《みつい》の若旦那《わかだんな》がいっしょに酒を飲みたいと言ってきたこともあった。料亭で付き合ったが、芸者を呼んで騒いで、いったいなんのために自分と会いたかったのか、さっぱりわからなかった。

尾張町《おわりちょう》の呉服屋が、金々印の着物をつくりたいと言ってきたこともあった。あの着物は単なるからかいの種なのに、それを喜んで着る者がいると思っていたのだろ

うか。春町は一献馳走《ちそう》になっただけで好きにさせておいたが、それが売れたかどうかは知ったことではなかった。

そんなとき、あのころは葉桜《はざくら》と名乗っていたこのおわきと出会って夢中になった。なんのことはない。自分が金々先生になったのだった。

「そろそろ出るか?」

と、春町は言った。汗も落としてさっぱりした。

「はい。でも、不思議」

「なにが?」

「今日、もしかして恋川さまが来るかなと思ったの」

おわきの調子がすこし変である。

三

この日の朝――。

春町は夢の途中で目が覚めた。

白い顔をした男が踊っていた。その踊りがなんとも不快なものだった。くねくねさせながら着物の前を開き、自分のいちもつをさらけ出していたのだ。

春町に男色の趣味はなく、

「勘弁してください」

と、詫《わ》びていた。

白い顔はおそらく松平定信だった。

なぜ定信の夢など見たのか。もしかしたら、定信の叱責《しっせき》を恐れているのかもしれない。

『文武二道』を書くとき、いちおうは定信の噂なども聞いたりした。作中に使えれば使うつもりだった。

本当のことかどうかはわからないが、こんな噂があった。

屋敷の女が縁あって、嫁に行くことになった。その女とは何度か情をかわしたことがあったらしい。

屋敷を去る前、定信はその女を部屋に呼び、嫁としての心構えを説いた。だが、女に手を出すことはなかった。つい手を出してしまうのではないかという恐れもあったが、自分は劣情に屈服しなかったと周囲の者に自慢したそうな。

春町には、

「うらむ」

と、唸《うな》るような話だった。

自分とは砂糖の味と塩味くらいに違っている。自分なら、嫁の心構えなど説けないし、すでに情をかわしてあったなら、最後の情をかわすかもしれない。そもそも、それを劣情とおとしめたくない。切ない未練だろう、うるわしき人情だろう。

そんな定信だから、やはり春町の戯作《げさく》に怒ったのかもしれない。もとより幕府は政への批判に対して寛大ではありえない。

だが、大事なのはやはりこっち側の気持ちだろう。

腹を据えて批判めいた文を書くつもりだったのか。馬場文耕になる覚悟はあったのか。

そこまでの気持ちはなかったと思う。ただ、春町はおのれの勘で、世間の空気を感じながら、文武両道をからかったのである。

だが、朋誠堂喜三二が言ったように、やり過ぎだったのか。

そんなことを考えたら、気がくさくさし、不安にもなって来た。こういうときは女の肌に触れたい。できるだけ肉付きのいい身体に、自分の肉をめり込ませたい。

それで雨の中を吉原までやって来たというわけである。

おわきとは、これまで、いろいろあった。

出会ったころ、おわきは十八歳くらいだった。丸顔がなんとも言えず愛らしかった。

それから十四年。丸い顔の中心が頰のあたりにあったのに、いまは口元あたりに下りてきている。けっして肥《ふと》ってはいないらしい。たしかに乳房などは以前よりも痩《や》せた。痩せたけれど、重くなった。

見世も移って、いまは四つめ。

途中、三年ほど、どこに行ったのかわからなくなったこともある。

年季だって本当なら明けている。そもそも吉原の女は二十七までしか働くことはできない。吉原の女は、若さが売りなのである。二十七になると、客を取らず、花魁たちの番頭のようなことをするか、あるいは最下等の切見世に落ちるかである。

だが、おわきは十八で知り合って十四年経っているのに、小見世まで落ちたとはいえ、客を取っている。なにかごまかしがあるのだ。

落籍《ひか》されたのかと思っていたら、いつの間にまたもどっていた。じっさい、落籍はされたらしいが、なにかあったのだろう。

三年ぶりに中見世で再会したとき、

「あんた、ここが好きなのか？」

と、春町は呆れて訊いたものである。

「そうじゃないですよ。でも、娑婆じゃ生きて行けそうもないんです」

そんな花魁もめずらしくはないらしい。吉原はよく火事で焼ける。建て直されるまで、他所《よそ》の仮の遊郭で営業されるが、そんなときは外に逃げる機会もないわけではない。

だが、逃げる花魁は少ないのだ。

「花魁は自信がないんだと思います」

おわきはそうも言った。哀れな台詞だと、春町は思った。

湯から上がり、ことに及んだ。およそ四半刻。

欲望を吐き出してさっぱりした。肉の柔らかさは、やはり慰めになる。とくに鬱《うっ》屈《くっ》があるときは、夜の甘味のように心が溶ける。

「なあ、おわき。人生ってのは下るよな」

布団のなかで煙草を吹かしながら言った。

「どんどん下りますよ」

「そうだよな。下る一方だよな」

人生というのは、なんと笑いに乏しい舞台なのだろう。どうして黄表紙のように、一枚めくるごとに笑いに充《み》ちあふれていてくれないのだろう。

「でも、恋川さまは大丈夫でしょ。傑作を書きつづければ、名声は上がる一方、落ちぶれる心配なんざ要りませんよ」

「そんなこと、あるわけないだろうよ」

煙管《キセル》をぴしりと打って、灰を落とす。

「そうなんですか」

「あんたは世間の飽きっぽさ、愛想づかしの酷《むご》さを知らないわけじゃないだろ」

「もちろんですよ」

おわきは大きくうなずき、

「戯作者も飽きられるんですか？」

「いっしょだよ。下手したら、吉原の客より残酷だぜ」

「そうかしら」

「面白がってくれるのもせいぜい三年、四年。あとはだんだん作風に飽きてくるのさ。新しい作風の戯作者が次々に出てきて、読者はそっちに乗り換える。そのときに、読者はひどいことを言って去って行くのさ。恋川はもう終わったとか、涸《か》れたとか」

「へえ、そうなんですか」

また、この世界が面白いとなると、若くて野心のある者がわさわさと集まってくるのだ。ほんとに才能のあるやつは、そんなにいないのだが、清新な装いで現われれば、とりあえずもてはやされる。

だが、頂点に十年はいられない。いま、頂点にいるのは山東京伝。だが、その京伝も、まもなく次に来るやつに追い越される。たとえそいつより面白いものを書いたとしてもである。世間というのは、つねに新しい人間を歓迎するものなのだ。

「だが、おれはいつまでも黄表紙の世界になんかいないぜ」

と、春町は言った。

黄表紙などは、もともとまぐれでできたような文芸のかたちである。狂歌も付き合いだった。

春町の胸の奥にあるもやもやした気持ち。それは黄表紙でも、狂歌でもないかたちを求めている気がする。

「書けないわけじゃないんでしょ？」

「あんなものはいくらでも書けるさ。百本でも二百本でも書いてみせる」

「それはそれで、凄《すご》いことじゃないんですか。やめる必要なんかありませんよ」

「いや、やめる」

浅間山《あさまやま》の大噴火のときも、春町はくだらない黄表紙を書いていたのだ。そのあとの凶作や飢饉《ききん》が相次いだときも、江戸で打ち毀《こわ》しがつづいたときも。

あのときも春町はずいぶんそんなことを思ったのだった。

「浅間山の灰が降っていたころ、あんたはここにいなかったよな。おれは寂しかったんだぜ。戯作のネタも尽きた気がして、焦ったりもしていたんだ」

また、浅間山の噴火はどうやっても洒落《しゃれ》にならないのだ。

「まあ。恋川さま、近ごろ、昔話が多くありませんか？」

おわきはくすりと笑って言った。

「歳のせいだな」

「歳か。あちきもいっしょです」

「あんたはまだ若いだろうよ」

「下の毛に白髪が出ました」

「どれ、見せてご覧よ」

春町が布団をめくろうとすると、

「嫌ですよ」

と、おわきは身をよじった。

「あんたとおれの仲じゃないか」

春町がそう言うと、おわきはやけに真剣な目で春町を見て、

「そんなに見たいなら、どうぞ」

と、言った。

春町はおわきの下のほうに丸まって、着物の裾《すそ》をめくった。

「ほんとだ。一本、二本。三本ある」

「だから言ったでしょ」

「抜いてやろうか」

「いいですよ、痛いから。あとで焼いておきます」

「出るものなんだよ。でも、安心しな。頭の毛みたいに真っ白にはならないから」

そう言って春町は笑った。

四

藩邸にもどると、

「平沢さまが至急お会いしたいとお見えになりましたよ」

と、妻が言った。

平沢は朋誠堂喜三二である。春町の妻と喜三二は、以前からの知り合いである。

というより、下谷七軒町の商家の養女になっていたいまの妻を、前妻と離縁していた春町に喜三二が妻《めあ》わせてくれたのだった。

「堅くてまさに良妻賢母になるために生まれてきたような女だよ」

と、それが喜三二の推薦の言い分だった。喜三二の言葉に偽りはなかった。ただ、良妻賢母も行き過ぎれば、ひたすら息苦しい女でしかなかった。だらしない女は、それなりに居心地は悪くないのだ。

「ひどく切羽詰まったご様子でしたよ」

と、妻は言った。

「ふうむ。それで、どうしろと?」

「鳥越《とりごえ》の屋敷のほうへ来てくれと」

「鳥越？」

上屋敷は下谷七軒町にあり、そっちには何度も訪ねている。

だが、鳥越の屋敷というのは、中屋敷なのか、下屋敷なのか。行ったことがない。

「わかった。では、いまから行ってみよう」

大名屋敷などは表札を出していなくとも、近所の者に訊けばわかるのである。

雨はすでに上がった。だが、からりと晴れてはくれず、かすかに薄紅を刷《は》いたような雲が空を覆い尽くしていた。

行ってみると、鳥越の屋敷は出羽久保田藩の中屋敷だった。門番に平沢と会いたい旨を告げると、

「倉橋さまですか？」

「さよう」

「平沢さまは蔦屋に行かれるとおっしゃいまして」

今度は蔦屋に向かう羽目になった。

――いったい、なんなのだ。

さすがにムッとしたが、鳥越から通油町の蔦屋まではそう遠くもない。

仕方なく、蔦屋に足を向けた。

地本問屋〈耕書堂〉は、今日も客が詰めかけていた。店先に、春町の『鸚鵡返文武二道』が二段に積まれているのも見えた。また新しく版を刷ったらしい。

蔦屋重三郎は、若い男と打ち合わせをしていた。

若い男は蔦屋の前に正座をし、言われることにいちいちうなずいていた。どうやら若い戯作者らしい。

くずれたなりの町人だった。いまどきの軽薄そうな若者だった。だが、才能というのはどこからどういう顔をして出て来るかわからないのだ。こんな若者がとんでもない才能を秘めていたりもする。

蔦屋は春町の顔を見ると、急いで若い男との話を終わらせた。

「平沢を探しているのだ。なんでもおれに話があるそうなのだ」

と、春町は早口で言った。

「ああ、急いでいるそうで、いなくなってしまいましたよ」

「なんなんだ、あいつは」

鬼ごっこじゃあるまいし、なんのつもりなのか。

「どうも、ひどくお悩みのご様子で」

「悩み？」

少し間があって、蔦屋は春町のほうへ身体を傾けると、

「たいそうな決心をなさいました」

と、言った。

「なんだ？」

嫌な予感。

「筆を折ると」

「筆を折るだと？」

「訳はおっしゃらなかったのですが、朋誠堂さまの戯作は、すべて絶版にしてくれと」

「……」

いったい、なにがあったのか。

五

昨日、今日と喜三二からはなんの連絡もない。だが、もうこっちから行く気はし

ない。春町に関することなら、向こうから訪ねて来るだろう。

まさか、松平定信から呼び出しでもあったのか。定信は本当に怒っているのか。やはりこちらから詫びに出向かなければならないかもしれない。行くなら二人いっしょがいいだろう。お怒りも二で割ってもらえば軽く済む。だが、二人を見て、怒りが倍増することもあるかもしれない。

とりあえず、喜三二の話を聞いてからである。

なんとなく不安を覚えていると、またおわきの肌が恋しくなってきた。おわきと肌を合わせたまま、なにもかも忘れてしまいたくなった。

こんなに真剣になっていいのか。遊びとは言えなくなりそう。遊べる女がおれにとっての菩薩《ぼさつ》ではなかったのか。

――やっぱり、おわきを落籍したい。

一度、断わられ、それからしばらくその話はしていない。

だが、今度こそ、なんとか口説き落としたい。

落籍して、朋誠堂のように茶飯の店でもやらせるか。いや、おわきは料理がまったく駄目と言っていた。それなら料理を専門にやる婆《ばあ》や小女を雇えばいい。まさか、おわきは他に男をつくっていたりするのか。そういえば、いったん落籍した男となぜ別れて吉原に舞い戻ったかについては、なにも聞いていない。

いや、そんなことはいい。まずは落籍してからの話だ。

一昨日《おととい》来たばかりなのにまた初音屋を訪ねると、見世の前にいた遣り手婆のおきんが気まずそうな顔をした。

ちょうどおわきに別の客が来ているのか。だが、そんなことは吉原では当たり前で、見世を仕切る遣り手婆がびくびくするようなことではない。

「なんだよ?」

と、春町は訊いた。

「いえ」

遣り手婆はとぼけようとする。

「おわき、いるだろう?」

「いないんです」

通りの向こうを見たまま言った。

「いないって、どういうことだよ?」

春町がきつい口調で訊《たず》ねると、遣り手婆は視線を外したまま、

「おわきちゃん、亡くなったんですよ」

と、言った。

「亡くなった？　そんな馬鹿な」

春町は唖然《あぜん》とした。

一昨日会って、抱き合ったばかりの女が、死んでしまったなんて。

くだらぬ洒落本や草双紙じゃあるまいし。

「あたしだっておったまげですよ」

と、遣り手婆は言った。

「なんで死んだ？　急な病か？」

「訊かないでくださいな」

「あ」

春町は、ぴぃーんと来た。吉原の花魁が突然死んだ、となれば、疑うのは心中。

これが多いのである。吉原では、しょっちゅう客と女郎が心中する。

市中ではもちろん、吉原でも心中はご法度である。うまく死ねたらいいが、しくじろうものなら、とんでもない仕打ちが待っている。拷問の限りが尽くされ、死んだほうがずっとよかったという思いを味わわされるらしい。

「心中だな？」

「……」

遣り手婆は答えない。答えないということはそうなのだ。

心中なら、見世のほうでも大っぴらにはできないし、あるじに訊いても答えるはずがない。

「昨夜《ゆうべ》か？」

「いいえ」

「まさか、一昨日の夜？」

「はい」

なんということだろう。春町と昼間、情をかわし、夜には他の男と心中ときた。

一昨日のおわきを思い出してみた。いつものようにたもとを口にあてて声を出すのを堪《こら》え、折れるのではないかと心配になるくらい、背中をのけぞらせた。死の気配など微塵《みじん》もない、悦楽の堪能《たんのう》ぶりだった。

ただ、妙なことは言っていた。「今日、もしかして恋川さまが来るかなと思ったの」そう言った調子はなにか変だった。今生の別れでも告げるつもりだったのかもしれない。

「相手は誰だ？」

「さあ」

「さあってことはないだろう?」

「恋川さま、ご勘弁を。あたしゃ忙しいの。死んじまった女郎にかかずらってる暇はないんですよ」

なんという冷たさ。だが、これが吉原の本当の顔なのだ。遣り手婆は、すたこらさっさと見世のなかに逃げ込んで行った。

六

恋川春町は吉原の門を出ると、とぼとぼと途方に暮れたような足取りで、北に向かって歩いた。なんともやるせない気持ちだった。

吉原にはしょっちゅう来ていたが、こっちのほうまでは来たことがない。八町ほど歩いたか。着いたところは、三ノ輪《みのわ》の浄閑寺《じょうかんじ》。吉原の女郎が亡くなると葬られる寺として有名である。

心中した女郎は、素っ裸にされ、むしろにくるまれて、ここに放り込まれる。通夜も葬儀もない。もちろん墓もない——そんなことを聞いていた。が、来るのは初めてである。

いまごろ、おわきはもう土のなかだろうが、せめて手を合わせたい。菩提《ぼだい》を弔いたい。縁があれば、来世もおれと床をともにしておくれと言ってやりたい。

——あ。

お供えを忘れた。おわきの好きなものを供えたかった。なにが好きだったっけ？

食い意地は張っていた。とくにあぶらげが大好物で、しょっちゅう焼いて醬油《しょうゆ》をつけたやつを食っていた。「死んだらお稲荷《いなり》さんになりたい。お供えにもらえるから」なんて言っていたほどだ。

豆腐屋を探し、そこで揚げたてのあぶらげを五枚ほど買い、経木に包《くる》んでもらった。

浄閑寺の門をくぐって裏手へと回る。目の前に広がった光景に、

「うわぁ」

思わず声が出た。

一瞬、しゃれこうべが並んでいるのかと思った。そうではなかった。供養塔みたいなものや、墓石がびっしり並んでいるのだが、それが苔《こけ》むしていたり、埃《ほこり》で白茶けていたりするので、なんだか投げ捨てられた遺体がそのまま白骨化したみたいに

見えたらしい。

そもそもこの寺自体が、いかにも裕福そうではない。それはそうで、投げ込まれた女郎の身内からはお布施もろくにもらえないだろう。墓の手入れも行き届いていないのではないか。

これが、女郎たちのなれの果て。いかにも「あちき、化けて出ます」といった風情。

――かわいそうに。

とは思ったが、あまりにも荒涼とした墓場のありさまに、春町、投げ込まれたおわきの亡骸《なきがら》のことを訊ねることもできず、あぶらげも放り出すようにして、よろめきながら逃げ帰ってしまった。

小石川の藩邸にもどって、一息つくと、それにしても誰と心中したのか、そのことが気になってきた。

――ははあ。

思い当たる相手があった。

将棋指しの天兵衛《てんべえ》。昔からおわきにつきまとっていた客で、大見世にいたころも、何度もかち合ったことがある。

なんでも将棋の段位をつかさどる大橋《おおはし》家から、五段の免状を得ているとかで、将棋好きの旦那衆の相手をしたりして飯を食っているとのことだった。もちろん、賭《か》け将棋もしていたに違いない。

こいつは、妙な野郎で、女を口説くのに、未来のことを語って煙《けむ》に巻いた。

「世のなかってのは、どんどん移り変わるんだ。だが、あたしは将棋指しだ。次に相手がどういう手を指すかを予想するのが商売でさ。だから、次の世のなかも読めるってわけ。あんたはね、いつまでもこんなところにいる女じゃない。きっと誰かに見初められ、落籍されるに決まってるよ」

吉原の女郎がそんなことを言われたら大喜び。そうやっておおきもたぶらかしたに違いなかった。

それでとうとう、あの嘘つき野郎と心中までしてしまったのか。

春町は、この男のことから思いついて、黄表紙を一作、仕立てたことがある。

それは『無益委記《むだいき》』というやつ。

差し障りもありそうだったので、作者も画工も名を伏せて出したが、どちらも春町の仕事である。もっとも作風や絵柄で、同業者にはすぐ悟られてしまった。

題は、聖徳太子《しょうとくたいし》が世の行く末を予想して書いたという『未来記《みらいき》』をもじった。話の筋などはない。

こんな世のなかになったら大変だ、大笑いだというのを、次々に並べてみせた。

まず、初がつおが出回るのが早くなり、前年の十二月ごろになる。しかも値段はますます高くなって、八百八十両くらいになるだろう。嘘八百八十両なんてね。

それを買う大通ときたら、羽織がだらだらと長くなっていて、紐《ひも》も帯も地面につくほど。ちょんまげも細く長くなって、釣り竿《ざお》みたいになっているだろう。

吉原通いは、四つ手駕籠《かご》に代わって、四つ手車が流行っているだろう。駕籠の場合、急ぐときには酒手をはずむことになるが、車だと車輪に差す油代をはずむことになる。

吉原に坊主が行くのはご法度だが、未来には坊主は堂々と吉原で女郎を買い、逆にふつうの男は白粉《おしろい》塗りたくった男を買う羽目になるだろう。

しかも、いままでは客が女郎を選んだが、未来には女郎が客を選ぶのだ。女郎は男たちが歩くなかから、「あちきはあれがよい。揚げておくれ」と指し示す。これがほんとの松茸《まつたけ》狩り。

しまいには、天候もむちゃくちゃになって、真夏の六月に大寒になったりするだろう。そのときは、汗がつららになってしまう。

等々。これがまもなく訪れる素晴らしい未来図！

とまあ、こんな馬鹿話。お上が目くじら立てるほどのものじゃない。

七

翌朝──。

出羽久保田藩邸の中間が、駿河小島藩邸にやって来て、

「当家の平沢が、倉橋さまとお会いしたいそうで」

と、告げた。やっと来た、喜三二。

「平沢どのは、いずこに？」

「水道橋《すいどうばし》の上でお待ちしています」

「橋の上？」

後生亀じゃあるまいし、妙なところで待つものである。

小石川春日町から水道橋は近い。行ってみると、なるほど橋の真ん中で、神田川の流れを眺めていたのは、朋誠堂喜三二だった。

「すまぬ。呼び出したりして」

詫びる喜三二に、

「ずいぶんなところで待ち合わせだな？」

春町は嫌みたらしく言ってやった。

「うむ。余計な疑いはかけられたくないのでな」

朋誠堂はそう言って、さりげなくあたりを見やった。衆目に身をさらし、逆に後ろめたいことではないと装いたいらしい。

「おぬし、蔦屋に著作をすべて絶版にするように言ったらしいな」

春町は喜三二に言った。

「そうだ。おぬしと話したあと、うちの殿と話をしたのだ。殿の困惑したようすを見ているうち、わしは、これはいかん、早いところ筆を折り、謹慎しようと思った」

「佐竹さまが白河公からなにか言われたのか？」

「とくに咎《とが》められたわけではないらしい。ただ、黄表紙作者の朋誠堂喜三二は、貴藩の留守居役だそうじゃな、と訊かれたそうな」

「それだけか？」

「ああ。殿がさようにございますとお返事なさると、そのまま通り過ぎて行かれたそうだ」

「それだけ？」

「なまじ、なにも言われなかったので、なおのこと、殿は白河さまのご不快を感じたのではないかな」

「佐竹さまがそう言ったのか？　白河公のご不快を感じたと」

「いや、それはわしが忖度《そんたく》したのだ」

「……」

なんだか忖度だらけの話である。この件は、最初からしてそうなのだ。これが幕府の威光というものか、はたまた松平定信の人徳か。

喜三二はもともと細かい気配りをする男である。だから早めに手を打ったのだろうが、それにしても早い。

「それだけで筆を折るかな」

春町は咎めるように言った。

「わしには殿のお気持ちがつらくてな。おぬしの殿はなにも言わぬのか？」

「うむ」

藩主は松平信義《のぶのり》。どういう人間かと訊かれれば、説明しやすい人間ではない。特徴と言えるものが、見た目にも気質にもほとんどない。戯作にはまず登場しないし、させない。出しても面白くないから。

文芸などにはまったく興味がない。たぶん、年寄本役の倉橋寿平が黄表紙作者の恋川春町だということも知らないのではないか。

「だが、いずれ知れる。おぬしもさっさと筆を折れ」

「まだ、白河公の意向もわからぬではないか」

「いや、もう、わかった。うちの殿にあのような態度を取ったということは、怒り心頭なのだ。ただ、さすがに他藩の藩主に文句は言いにくいし、控えたのだろう。そこは察しなければならぬ」

「……」

なんだ、こいつ――と、春町は思った。

盟友と見做《みな》した男がこれか。こっちには相談もなしに、保身に走った。

だが、しょせん、そういうものなのだろう。絆《きずな》などあてにしてはいけない。人が絆などを結びたがるのは、気持ちが弱いからなのだ。とくに戯作者などという我の強い者同士の絆なんて、猫たちの貞節の誓いのようにあてにならない。

その点、馬場文耕は偉かった。たった一人で幕府と戦ったのだ。

沈黙が訪れた。気まずい雰囲気。

このあいだまで、のべつ会って語り合い、遊び歩いた仲は、たちまち瓦解《がかい》せんばかりになっている。

「白河さまには、ごまかしは利かないらしい」

と、喜三二は言った。

「なぜだ？」

「大勢の密偵を使って、睨《にら》んだ相手はとことん見張らせるそうだ」

「嫌な人だな」

これで思いっ切り気が沈んだ。自分も日々見張られつづけて来たのか。まさか、おつらに愛想づかしされたのも、おわきと昼間から乳繰り合ったのも、ぜんぶ見られていたというのか。

「しばらくは会うのをやめよう」

喜三二は、春町の顔を見ないまま、硬い表情で言った。

「なぜ？」

「わざわざ白河さまの機嫌をさらに逆撫ですることはあるまい」

「……」

「では、おぬしも気をつけてな」

喜三二は、人混みのなかに消えて行った。

春町は、面白くない気分で、欄干にもたれ、眼下の神田川の流れを見やった。すくって飲めるくらいきれいな水で、底までよく見えている。飛び込んでも、ここでは死ぬこともできない。

——ん？

誰かに見られていた気がして、横を見た。二間ほど先で、武士がなにげなさそうに欄干にもたれていた。ちらりと目も合った。

もしかしたら、こいつが密偵とやらかもしれない。

「人を見張って、なにが楽しいんだか」

春町は聞こえよがしにそう言って、水道橋から神田のほうへと歩き出した。耕書堂の蔦屋重三郎と会って、自分の著作は絶版になどしないと言うつもりだった。

八

鎌倉河岸《かまくらがし》のあたりまで来て、疲れたので一休みがてら通りすがりの甘味屋に入った。初めて入る店である。

「お汁粉を頼む」

甘いものはむしろ酒より好きかもしれない。しかも、甘いものを食うと、頭がすっきりするように思える。酒はぼんやりするだけ。

だから、春町は黄表紙の趣向に詰まったときなど、甘味屋で汁粉を食べながら考えることもよくあった。

汁粉が出た。その手がかたかた震えている。

「え？」

顔を見た。この店の女将らしい女が、頬を赤らめていて、

「恋川春町さまですよね」

と、言った。

「知り合いだったっけ？」

「いいえ、ただの読者です。黄表紙、全作、読ませていただいています」

「全作といっても、おれには名前を出してないものもあれば、別の名で書いたものもあるんだよ」

「はい。『無益委記』も読みました。『花見帰鳴呼怪哉《はなみがえりああやしいかな》』も『春遊機嫌袋』も、『万《まん》

載狂歌集《ざいきょうかしゅう》』も持っています」

「おやおや」

『花見帰嗚呼怪哉』は、深川錦鱗《ふかがわきんりん》という別名で書いたものだし、『無益委記』や『春遊機嫌袋』は無記名、『万載狂歌集』には酒上不埒の名義でつくった狂歌を載せている。

全作読んだというのも本当かもしれない。

「恋川先生がうちの店に来てくれるなんて思ってもみませんでしたよ。感激です」

「でも、なんでおれを知ってるんだい？」

戯作者の顔など、仲間内や版元あたりにしか知られていない。

「よく耕書堂に行くんです。それで、行っているとき、先生らしき方が来ていたので、もしかしてと番頭さんに訊いたら恋川先生だと」

「ははあ」

意外なところで見張られている。白河公の密偵ばかりか、読者にも。

「黄表紙にもお顔を載せていらっしゃってるけど、本物のほうがもっと素敵」

「これはどうも」

「跡までつけちゃったりしたんです」

「そうなの」

「小石川のお武家さまのお屋敷に入るところまで」

こういう危ないのがいるのである。悪気はないどころか、作者が喜ぶことをしていると思っているのだろうが、勘弁してもらいたい。

「ここの女将さん？」

「はい。奥にいるのは亭主なんです」

亭主は女房の感激ぶりなど興味もないらしく、小さな臼《うす》で餅をついているところだった。

「人妻とは残念だよね。やもめだったら口説いたかも」

春町、亭主のほうを見ながら、声を低めて言った。

「あら、まあ」

女将さん、嬉《うれ》しそうに身をよじった。

もちろん冗談。本気だったら、春町は照れ屋だから、逆にこういうことは言えない。この女将さん、器量は素敵なのだが、鼻のわきあたりがべっとりと脂っぽい。

春町は、脂っぽい女は苦手で、むっちりしていても、さらさらしたのが好きなのだ。

まさに、死んだおわきがそうだった。

「でも、おれの戯作、そんなに面白い？」

「ええ。黄表紙作者のなかでは、もうとんがりでいっち」

「そいつはどうも」

「しかも、お上に対する舌鋒《ぜっぽう》はますます冴《さ》え渡って」

「そうかね」

「お武家さまでありながら、あんなにお上やお侍をからかって、ほんと凄い勇気だと思います」

「だから、お尋ね者になりそうなのさ」

声を低めて言った。

「そうでしょうね」

冗談なんだから、認めるなと言いたい。

「頑張ってください。先生がどうなっても応援しています。こうなっても、こうなっても」

最初に手首同士を合わせ、次に首にあてた手を払った。武士には手鎖も斬首《ざんしゅ》もないのを知らないのか。笑って許すか切腹かの、二者択一。

励まされて、春町、なおのこと憂鬱になった。

九

店を出るとき、背中からもう一度、

「負けないで」

と、言われた。

一介の戯作者が、幕府と戦って、負けないわけがない。あんな能天気な女将さんを喜ばすため、こっちは立場を危うくしているのかと、馬鹿馬鹿しい気持ちになってきた。

おわきがしみじみ恋しく思えて来た。おわきのほうがよほど、戯作者の立場を慮《おもんぱか》ってくれた。

――なぜ、心中などしたのか。

だが、わからないでもない。吉原の女郎はみな、疲れているのだ。郭内に留《と》め置かれたまま、嫌な男でも、気持ち悪い男でも、断わることはできずに相手をさせられる日々。まさに苦界。あれで死にたくならないほうがおかしいだろう。

もっと早く、お前を落籍してやると言っていたら、心中などせずに済んだのではないか。愚図愚図していたため、大事な女を失ってしまった。

吉原に実《まこと》はない。そんなことを書き、口にもしてきた。だが、ほんとにそうなのか。そりゃあ、見世のあるじだの、遣り手婆だのに実はないだろう。だが、女郎だってしょせんは人間なのだ。金と割り切っても、そこに情が入り込むのが、人間というものだろう。

おれはおわきに本気で惚《ほ》れていたのだ。身体だけでなく、気持ちもおわきに惚れていた。そして、おわきもまた、おれに……。

——どうせ心中するなら、おれとしてくれたらよかったのに。

気持ちが沈み込むまま、春町はそこまで思った。

——そういえば、まだ、別れを言ってなかった。

恐ろしくなって逃げ帰ってしまった三ノ輪の浄閑寺に、春町はもう一度、行ってみたくなって来た。

やはり別れを告げなければならない。

駕籠を拾って、神田から三ノ輪に。

「そこだ、その寺の門前で」

改めて見ると、とくに荒涼たる風情ではなかった。つましいが、落ち着きのある山門だった。

本堂の左手から、墓地へゆっくり足を踏み入れる。

明るい陽の下で見れば、とくにほかの寺と違うところはなかった。背丈の低い墓石がびっしり立ち並び、多少、墓石同士のあいだが狭いのは、檀家《だんか》の数も多いからだろう。

もちろん墓場だから、楽しそうな感じなどするわけはない。だが、いまは逆に、このすがれた、寂しげなようすに慰めすら感じた。しょせん、この世はこうなのではないか。明るいもの、華やかなもの、輝かしいもの。そんなものは、皆、偽りなのだ。

後ろに気配。

――おわきの霊が来てくれたのか。

ふと、そんな気がした。おれを慰めに来てくれたのか。

ゆっくり振り向いた。

「お墓がわからなくなりましたかな?」

年老いた僧侶《そうりょ》が立っていた。

「あ、いや。ご住職さまで?」

と、春町は訊いた。

「そうじゃが」

「じつは、なじみにしていた花魁が亡くなりまして。心中したようなのです」

「ああ、多いですからな。だとしたら、墓はないでしょう。そこに供養塔がありま す。それに手を合わせなさい」

「ありがとうございます。やはり、心中だと、裸にされて投げ込まれたりするので しょうね」

春町はつい訊いてしまった。訊かずにはいられなかった。

「そんなふうに言われているようですが、じっさい、そこまでされることはありま せんよ。みな、死者に酷《むご》いことはしたくないものです」

「そうですか」

「同じことをされると困るので、廓の人たちは、脅しの意味もあってそうしたこと を言うのでしょうな。もちろん、寺では心中した女郎であろうが、丁重に葬ります」

「ああ、よかったです」

「たまにわたしのほうで読経のため郭内に入るときがありますが、そのときお女郎 さんたちに言ってあげるのです。いまは苦界にあっても、亡くなったら浄閑寺がちゃんと菩提を弔ってやるから、安心しなさいと。みな、ホッとしたような顔をしますよ」

「それはそうでしょうとも」

春町も住職の話を聞き、胸が熱くなった。安心もした。

――よかったな、おわき。

涙が頬を伝うのがわかった。

十

春町は音無川《おとなしがわ》沿いに吉原の前を過ぎ、山谷堀から大川端《おおかわばた》へ向かった。

なんだか気持ちの皮が薄くなって、ひどく感じやすくなっている。ちょっとしたことでも泣いてしまいそうなので、いったん気を落ち着かせようと思ったのだ。

川が見たくなった。春町は川が好きなのだ。海や山よりも川。海や山は抱かれる感じになるが人生は感じない。川は人生と重なり合う。とくに町なかを流れる川。その佇《たたず》まいは人生そのもの。流れに物語がある。

今戸橋《いまどばし》を渡って、大川沿いの河岸の段々に下り、腰かけてぼんやり流れと舟の行き来を眺めた。

まだ早いのか、吉原に行く猪牙舟《ちょきぶね》は少なく、荷船の行き来が多少あるだけだった。手前に係留された小舟の舳先《へさき》には、小粋な淡い鼠《ねずみ》色の羽をした都鳥が二羽、夫婦らしく身体を寄せ合っている。川面《かわも》の色は、空に合わせて鈍い。かつて某詩人が、大川のこのあたりを澄江《ちょうこう》と詠んだ。別の詩人は、その堤を葛坡《かっぱ》と称した。葛飾の端という意味だろう。澄江の葛坡。向こう岸から先に、青白く寂しく暮れて行く。「春《しゅん》風江上《ぷうこうじょう》ノ路《みち》、不レ覚《おぼえず》到《いた》ル二君《きみ》ガ家《いえ》ニ一」と詠んだのは誰だったか。

――死んだからと言って、恋が終わるわけではない。

春町はそう思った。じっさいこの国の文芸は、どれほど生者と死者の恋を扱ってきたことか。三途《さんず》の川を挟んで、ますます燃え上がる恋。むしろそれこそ、自分にふさわしい恋のような気がする。

どれくらいぼんやりしていたか、下流のほうから近づいて来た小舟の上から、

「駄目、駄目。そこに着けちゃ駄目」

感傷の夢を破るがごとき声。

押し殺した、慌てた女の声がした。

春町は、声の主を見て、

「あ」

自分の目を疑った。

舟には、男女二人が乗っている。それは、なんと、おわきと将棋指しの天兵衛だった。

「なんでだよ。そこが空いているだろうが」

天兵衛は文句を言って、舟を着けようとするが、

「だって、あんた、ほら、そこに」

おわきは必死で首を横に振った。

「あ、まずいな」

ようやく春町を認めたらしく、天兵衛は竿をあやつっていた手を止めた。

「おい、おわき」

と、春町が声をかけると、

「あら、まあ、こんにちは」

間抜けな返事をした。

「なにが、こんにちはだよ。お前、心中したんじゃないのか」

「お生憎《あいにく》さま」

「お前、まさか、吉原から逃げ出したわけじゃないだろうな？」

それで、遣り手婆も外聞をはばかって、心中だなんて言ったのか。

だが、吉原から抜けて、こんなところをうろうろしていたら、心中のしくじりより、もっとひどいことになる。

「やあね。ちゃんと年季が明けたのよ。それで、約束通りにこの人と」

おわきの向こうで、将棋指しの天兵衛が顔をそむけた。だが、笑っているのだ。勝ち誇って、余裕の笑みを浮かべているのだ。

「ううむ」

唸るしかない。

「恋川さまは嫌っているみたいだけど、いい人なのよ、この人は」

「だが、なんだって、心中だなんて嘘を？」

「だって、年季が明けてこの人といっしょになるって言ったら、恋川さまががっかりするだろうと思って」

おわきは、すまなそうにそう言った。

「おれのためについた嘘かよ」

「ごめんね。あたしが生きてて この人と暮らしていると思うより、死んだと思ってくれたほうが、寂しくないだろうと思ったの」

「そうなのか……」

それは嘘偽りではなさそうだった。おわきは本当に、春町のことを気づかって、そうしてくれたのだろう。

嘘をつかせたおれが抜け作。みじめな思いが胸に広がる。

「可哀そうになっちゃって」

おわきの目が濡《ぬ》れている。

「そうだよ。可哀そうなんだよ、おれは」

春町は思わずそう言った。おわきに言われて、自分はたしかに可哀そうな男だという気がしたのだった。

第三章　女戯作者のおちち

一

蔦屋から小僧が、

「恋川さまにご相談したいことがあるので、できるだけ早くお越しいただければ」

という文を持って来た。蔦屋にしては乱雑な文字。なにか切羽詰まった気配を感じる文だった。

春町は、藩費の無駄を洗い出すという面倒な作業をしていたが、中断して向かうことにした。

密偵を気にしながら、通油町の耕書堂へ。

店に足を踏み入れた途端、

「あら。恋川さまじゃありません？」

と、艶《つや》っぽい声。

っだ。


「よう。ひさしぶりだな」

あけっぴろげな笑みを浮かべていたのは、女戯作者《げさく》の萬屋賀久子《よろずやかくし》こと、おちちだった。

おちちとは、十年ほど前、版元の鶴屋の紹介で知り合った。ほかの小さな版元で黄表紙を二冊出していて、大手の鶴屋でも出すことになったので、出来上がりを見てやってくれないかと頼まれたのだ。はるか昔、『源氏物語』だの『枕草子』のころは、女の作者がずいぶん活躍したらしいが、当世ではめっきり少なくなった。とくに黄表紙には、女の作者はほとんどいない。

鶴屋が言うに、おちちは「いま紫式部《むらさきしきぶ》、女恋川春町」と呼びたいくらいの逸材で、大いに期待しているとのことだった。

春町が見せてもらったのは、『鼻曲竜宮湯屋《はなまがりりゅうぐうのゆうや》』という作。浦島太郎《うらしまたろう》以来、海のなかの竜宮城に訪れる客が少なくなって、これではやっていけないというので、江戸に湯屋を出すことになった。乙姫《おとひめ》さまをはじめとして、竜宮城の美女たちが半裸の湯女《ゆな》になって背中を洗ってくれたりするので、最初は大繁盛。だが、海の水を沸かして湯にするので、なんだか潮臭い。しかもやたらと波が立つ。コンブやワカメがからみつく。タイに珍宝の先を突っつかれているうちはよかったが、サメに食い千切られた客も現われたため大騒ぎ。結局、湯屋も流行らず、乙姫たちは皆、お城の大奥に引き取られることになった……。

春町はなかなか面白いと思ったが、絵がおとなし過ぎたのか、売行きはさっぱりで、鶴屋での二冊目は出せずじまいとなった。

その後はおちちと顔を合わせる機会もなくなっていたが、色っぽい噂はいろいろ耳にしていたのだ。

「恋川さま。うちにぜひ、お寄りくださいな。いろいろ相談したいこともあるので」

おちちは声を低め、早口で言った。

「家はどこだい？」

「富沢町《とみざわちょう》です。湯屋をしているんです。〈玉屋《たまや》〉っていうんです」

「じゃあ、そのうち、顔を出してみるよ」

「そのうちなんて嫌ですよ。今日、このあとで」

「それは……」

返事を最後まで聞かず、踵《きびす》を返して行ってしまった。その後ろ姿を見送っていると、

「恋川さま」

後ろに蔦屋が来ていた。

「よう。まかりこしたぜ」

「どうぞ、上に」

と、店の裏手にある部屋に通された。

「呼び出されても困るのだがな」

春町は、さっそく愚痴を言った。

「どうしてです？」

「平沢さんから白河公は密偵を多く使い、戯作者の身辺も探っていると聞いたのだ。そんなとき、お上から狙われている蔦屋と会っているのはまずいだろうが」

冗談まじりにそう言ったあと、

――じっさい狙われているのは、この蔦屋じゃないのか？

という気がしてきた。

「ふっふっふ。であれば、なおさら下手なところでお会いするよりは、こうして店で話すほうがよろしゅうございますよ。じつは、ご相談したかったのは、『鸚鵡返文武二道』をもっと刷るかどうかということでした」

「まだ売れるのか？」

「売れます。貸本屋の購入は一段落ついていますが、田舎の人が江戸土産に買って行きます。刷っても刷っても捌《さば》けます」

「よく売れているのは、作者にとっては嬉《うれ》しいことだがな」

「はい。ただし、お上は当然、ぴりぴりしてますでしょう。ここはあまり刺激しないほうがいいのかもしれません」

いまごろになってよく言うよと、内心、春町は思う。

「では、もう刷るのはやめよう。いま出ているのが消えたら、おれはしばらく本屋の店先から消える」

「それがよろしゅうございましょう」

「もっとも本屋の店先にいないと、戯作者などはたちまち忘れられてしまうだろうがな」

「いえいえ、恋川さまに限っては」

という返事は、いかにもお世辞。

「相談したかったのはそれか？」

「はい」

心配していたより重大ではないので、内心、ホッとした。

「ほかの連中はどうしているのだ？」

戯作者たちの動向はやはり気になる。

「大田南畝さまは、屋敷に引き籠《こ》もられてしまいました」

寝惚《ねぼけ》先生こと、四方赤良《よものあから》こと、蜀山人《しょくさんじん》こと大田南畝。天明《てんめい》狂歌の立役者であるばかりか、滑稽《こっけい》と言えばかならず名が挙がる。戯作者の親分格が、松平定信の動きを見透かすや、さぁーっと隠れてしまった。あれは人間の素早さではない。ネズミや虫ケラの素早さだろう。

「そうだよな」

もちろん春町は、南畝には言いたいことがある。

「明誠堂喜三二さまもご同様」

「む」

考えるとむかついてくるので、うなずくだけにした。

「平秩東作《へずつとうさく》さまが、三月の初めに亡くなったのはご存じですよね」

「ああ」

元武士と噂されていたが、蝦夷《えぞ》地を探索したり、罪人を助けたり、前からあいつは危ないと言われていた。

「亡くなったのは病のせいみたいですが」

「唐来参和《とうらいさんな》のやつはどうなのだ？」

唐来参和は、女郎屋のあるじだが、もとは侍で吉良《きら》家の用人だった。

「ええと、唐来さんのやつとおっしゃいますと？」

「とぼけるな。あんたが出したことはわかっているぞ」

それは『天下一面鏡梅鉢《てんかいちめんかがみのうめばち》』という黄表紙で、袋入りになっていて版元も記されていない。だが、松平定信を作中の菅原道真《すがわらのみちざね》に、将軍家斉を醍醐天皇に擬していると、巷《ちまた》では評判になっている。

「売れてますが、『鸚鵡返』ほどではありません」

「売行きではなく、評判だ。おれは、あっちのほうがまずい気がする」

「まずい？」

「お上の心証だよ」

この作では、けっして政をけなしてはいない。むしろ褒めて褒めまくっている。だが、こつじきも豊かになり、上の徳は民にまで及んで、学問に励むという内容。

そんなことはありえないので、逆に馬鹿にしているのだ。

「そうですか？」

「ああいう褒め殺しは、いざ気づいてしまうと、ものすごく侮辱された気になるぞ」

「まあ、そうですね」

「絶版の命令が出ないのが不思議だ」

春町がそう言うと、蔦屋は目を逸《そ》らし、とぼけるような微妙な顔をした。

二

出された茶がぬるくなったのを一息で飲み干して、

「ところで、蔦屋は馬場文耕が住んでいた家というのは知っているか？」

と、春町は訊《き》いた。

「はい。馬場さまは、松島町《まつしまちょう》の十蔵店にお住まいでした」

「亡くなって何年経つ？」

「馬場さまが打ち首獄門の刑に処されましたのは、宝暦八年のこと。いまからおよそ三十年前になります」

「よく覚えているな」

「馬場さまはわれら出版に関わる者には、特別なお人ですから。ところで、恋川さまはなにゆえに？」

蔦屋は、いよいよ覚悟なさいましたか、と問いたげである。

「なあに、ちと興味を抱いただけだ」

軽い調子で言って、耕書堂を出た。変に期待されたら堪《たま》らない。

だが、このところずっと馬場文耕が気になっていた。蔦屋は「出版に関わる者には特別な人」と言ったが、本当は「著作に関わる人」と言いたかったのだ。

なぜなら、馬場文耕の著作は、皆、出版はされていない。講釈として語り、それを自ら文字にし、筆写本を数部ずつつくっただけ。それが次々に書き写され、世のなかに出回った。

――もし馬場文耕が生きていたら……。

いまのこの、戯作者たちの体たらくをなんと評するだろう。春町の心のなかで、馬場文耕という人が大きくなっているのだ。

松島町は人形町《にんぎょうちょう》の先。

跡をつけて来ている者はいないか、両側が武家屋敷の一本道で振り返ってみる。

誰もいない。跡はつけられていない。

だいたいが、朋誠堂喜三二は、大げさなのだ。こんな戯作者一人を、いちいち密偵が追いかけるわけがない。そういう脅しをかけて、怯《おび》えさせ、萎縮《いしゅく》させるのが、権力者の手口なのだ。

いるはずのない定信の密偵に毒づいてみた。

「ばあか」

松島町に足を踏み入れるとすぐ、

——これはひどい。

と、眉《まゆ》を顰《ひそ》めた。まさしく吹き溜《だ》まりの町。

通りの名は蠣殻町《かきがらちょう》というが、松島町のほうに入って来れば、名前の由来もわかる。瓦《かわら》屋根の家などほとんど見当たらない。たいがいは蠣殻で葺《ふ》かれている。だから、町全体がなんとなく白っぽく見えていた。

狭い路地に満ちた、後架（便所）と腐ったものの臭い。一歩、踏み出すごとに滲《し》み出してくる地面の水。まだ早いはずの蚊がいて、どぶに蛆《うじ》が湧いている。

そこをつま先立ちで歩きながら、十蔵店を探した。

うっかり訊いてしまった男は、家の前で犬をさばいていた。うらめしそうな犬の目と、目が合った。

「十蔵店ですって？」

侍がなんの用だ、という顔で見る。

「もう、ないのか？」

「いや、ありますよ。その先を右に行ったところでさあ」

と、血のついた包丁で指し示した。地獄への道順を示されたみたい。

真っ白い路地だった。細かく砕かれた蠣殻が路地一面に敷かれていた。こうしないと、水が滲みてくるのだろう。

「馬場文耕が住んだ家？　ああ、お上をからかったという講釈師のことですか。うん、そのいちばん奥だったはずですよ」

路地の入口にいた皺《しわ》だらけの婆《ばあ》さんに教えられて奥へ行くと、ちょうどその家から裸の男が出て来た。

その男を見て、入口にいた婆さんが、

「馬鹿。一枚しかない着物まで質に入れたら、働きにだっていけないじゃないか」

と言った。

「しょうがねえだろ。とりあえずその日の飯を食わなくちゃならねえんだ」

男は、草を束ねた蓑《みの》のようなものを腰に巻いているだけである。

「ふんどしはどうしたんだよ？」

「あたしが借りてるの」

家から裸の女が出て来た。素っ裸で男のふんどしをつけていた。

「まったく夫婦そろって馬鹿なんだから」

春町は二人に、

「この家に、昔、馬場文耕という講釈師が住んでいたらしいのだがな？」

と、訊いた。

「何年前ですかい？」

「およそ三十年前だ」

「そんな大昔の話？　火事で何回か焼けてますしねえ。へえ、講釈師？　そんな偉い人がこの家に住んでましたか？」

夫婦は嬉しそうな顔をした。

講釈師は偉くなどない。だが、馬場文耕は偉かった。こういうところに住み、お上のやることに異議を唱え、汚職を糾弾し、最期まで節を曲げなかった。

――蔦屋は、こういう人の跡をわたしに継げというのか……。

「それでなんの用で？」

「いや、供養塔でもあれば拝もうと思ったのだ。これは賽銭《さいせん》がわりだ」

二朱銀を与えると、逆に春町が拝まれた。

三

松島町から富沢町はすぐである。

おちちの家を訪ねることにした。

湯屋は立派な建物だった。ふだん見かける湯屋より一回りくらい広そうである。

「あら、恋川さま。やっぱり来てくださったのね」

番台の上からおちちが言った。

「いま、馬場文耕の家を拝んで来た帰りさ」

「あら。でも、なにも残ってないでしょ」

さすがにおちちは馬場文耕を知っていた。いまどきは出版に関わる者でも知らなかったりする。

「何度も火事で焼けたそうだしな」

「焼ける前もあんな感じだったと思いますよ。清貧を通したんでしょうね。あたしは、心は貧乏でいいから、暮らしは豊かになりたい」

おちちはそう言って、肩をすくめた。それが正直なところだろう。

「この湯屋は立派なもんじゃないか」

「ええ。前の亭主がしていたんです。跡を継ぐ羽目になって。でも、湯屋は大変。朝から晩まで働き詰め」

最初の亭主は薬屋で、二番目は湯屋。いまは二つともおちちが女将として仕切っているという。

「噂は聞いていたんだ」

おちちは二度、亭主を持ち、二人とも若くして死んだ。いっしょになってしばらくすると、亭主は痩《や》せ細り、衰弱したみたいに死んでしまったらしい。

「三度目もあるだろうから、もう亭主は持たないことにしたんですよ」

「それがいいよ」

「変な噂、立てる人、いるし」

囁《ささや》くように言った。

「あの噂か？」

おちちの亭主はなぜ短命かという理由について。答えは稀《まれ》に見る塩梅《あんばい》よしだから。

「うふっ」

「ほんとみたいじゃないか」

「やあね。恋川さま、湯に入られますか？」

「湯に？」

「いま、ちょうど空《す》いてるときですよ」

「あ、そう」

「恋川さまが入るんだったら、あたしもいっしょに」

「え、ここは？」

「もちろん混浴」

艶然《えんぜん》と微笑んだ。改めておちちを眺めると、ずいぶん肉付きがよくなっている。歳はたしか春町の二つ上。金《かね》のわらじで探すのが二つ上。この歳になっても、それは通じるのではないか。

「ううむ。どうしようかな」

帰りに冷えてしまいそうだが、気持ちはぐっと傾きつつある。

「それにしても、白河さまは駄目ですね」

「そうかい」

「湯屋の混浴も気に入らないらしくて、禁止すると言っているそうですよ」

「固いこと言って、民につまらない暮らしを押しつけて、なにが楽しいんだろうな」

「ほんとですよね」

「おれは、子どものころからふざけるのが好きでね」

「だって、ふざけるのって楽しいですもの」

そうなのだ。戯作を書くのも、ふざける楽しみなのだ。それで相手を笑わせる。

こんな楽しいことがほかにあるか。

「なんなら一年中ふざけていたい」

と、春町が言えば、

「ええ。あたしもふざけたまま、人生終わりたい」

すっかり意気投合した。戯作者のつらさをわかってくれるというのは、女戯作者だからこそだろう。

——わりない仲になってしまおうか。

いっしょに湯に入ろうと誘ったくらいだから、おちちもそのつもりなのではないか。戯作を書くくらいだから、別れのときに愚図ったりもしないだろう。

ちょっとどきどきしてきたとき、

「ご免」

入って来た男に見覚えがあった。

「あ、唐衣橘洲《からころもきつしゅう》……」

四

「よく来るのか?」

春町は小声で訊いた。

「ええ、ときどき入りに来られます。顔、合わせたくなかったですか?」

「そうでもないが」

唐衣橘洲。四方赤良こと大田南畝と並んで、天明狂歌大流行の立役者である。

二人とも国学者の内山賀邸《うちやまがてい》の門下生で、最初のうちは親しく狂歌の会などを催していたが、いつの間に二人の仲がこじれた。春町は、二人の仲違《なかたが》いの理由はよく知らないまま、いちおう大田南畝の一派についた。大田派の狂歌のほうが、悪ふざけがまさっていたからである。だが、直接、橘洲と喧嘩《けんか》をしたわけではないので、べつに気まずいこともない。

橋洲の本名は小島源之助。身分は武士。しかも、田安徳川家の家来である。田安家は、松平定信の実家に当たり、当然、定信の本音なども、洩《も》れ聞いているのではないか。

「お、倉橋ではないか」

橋洲は、刀を外しながら、春町のいる男湯の着替えの間に上がって来た。混浴とは言っても、いちおう着替えの間は別で、なかでいっしょになるのだ。

「どうも、ご無沙汰《ぶさた》いたしております」

春町は丁寧に頭を下げた。こうなると湯には入れない。

「聞いているぞ。いろいろと、おぬしの噂は」

橋洲は刀を預け、着物を脱ぎ始めながら言った。

「そうですか」

「まったくおぬしが黄表紙なんぞを流行らせるから」

「どうもわたしが意図したほうとは違うほうへ向かっているみたいで」

「そうなのか」

「ただ、わたしもいざ書き始めたら止《や》められなくなってしまい、ここまで来てしまいました」

「だろうな。才能というのは本来、無軌道なのだ。止めるに止められなくなる。止められるなどというのは、もともと才能がないんだよ。南畝を見てみろよ。たちまち影をひそめた」

「そうですな」

「いま、洒落本《しゃれ》より、むしろ黄表紙が目をつけられている」

「ほう」

やはり田安家の家来だけあって、幕府の中枢の動きも耳に入っているのだ。

「だが、白河さまは黄表紙を面白がっている」

「そうなので？」

「ああ見えて、洒落のわかるお方だからな。どうも白河さまがいちばん嫌っているのは、武士が春本を書くことみたいだ」

「え……」

春町は内心、

――まずいなあ。

と、焦った。春本を一冊つくっている。『遺精先生夢枕《いせいせんせいゆめまくら》』という作。大当たりした『金々先生栄花夢』の姉妹編である。ただ、こっちはおおっぴらに売り出したわけではない。そっと刷って、そっと売るという代物。

そのかわり、通常の粗末な紙と違って、真っ白な上質紙を使い、彩色まで施した豪華なもの。春本だからこそできる贅沢《ぜいたく》。

主人公の遺精先生は、俳諧《はいかい》をものする冴《さ》えない男。金々先生と同様で、「先生」はからかいの呼び名である。

その遺精先生が居眠りを始めると、とあるお大名の奥から使いがやって来た。なんでも御歳十七の姫君が遺精先生をどこぞで見かけ、すっかり気に入ってしまった。ぜひ、屋敷に来て、婚礼の儀をおこなってもらいたいと、そう言うではないか。

遺精先生がこの申し出を断るわけがない。いそいそとお屋敷に赴き、姫君ともお床入り。春本ゆえに、そうした場面も遺漏なく、ねっちりずいずいと描き尽くす。

とんでもない僥倖《ぎょうこう》に恵まれた遺精先生、姫君を三日三晩堪能《たんのう》すると、今度は腰元たちにも手を出す始末。

大満足の遺精先生、ここで一句詠んだ。

両の手にぼぼとさくらや草の庵

芭蕉《ばしよう》先生が聞いたら、情けなくて泣いたに違いない。

やがて、長局《ながつぼね》の女たちから後家まで手を伸ばすが、目が覚めるとやっぱり夢だったというおなじみのオチ。

この奥の乱痴気騒ぎ、べつに誰かに見立てたわけではない。駿河小島藩主の奥などしれたものだし、江戸城にいる将軍家斉もまだ元服したてで側室を持つ歳ではない。

しかも、この作には、たいして創意も工夫もない。たとえ春本であっても、読者を唸《うな》らせる新味や奇知があってもいい。いや、むしろ春本にこそあるべきなのだ。それが、単に『金々先生』に便乗しただけ。あんなものは出すべきではなかったと、いまにしてつくづくそう思う。もっとも、それはこの作に限らない。いっきに人口に膾炙《かいしや》した恋川春町の名がついていれば、多少つまらなくても売れる――版元も当人も、買い手を舐《な》めたのだ。

春町は途中で猛省した。おそらくそれが自然と、黄表紙に毒を持ち込ませたのではないか。『文武二道』が、自分が意図したよりも幕府を刺激したとしたら、それはやはり春町の戯作者魂が生み出した毒のせいだったのかもしれない。

「春本なんか、おぬしは描いてないよな？」

橘洲はふんどしも外し、素っ裸で突っ立ったまま訊いた。あんたの裸のほうがいやらしいぞと言ってやりたい。

「はい」

「それならいい」

まるで疑っているようすもなく、

「ま、平秩東作も死んだ」

と、さらに言った。

平秩東作もたしか内山賀邸門下だったはずである。

「ええ」

「唐来参和の作も絶版にされた」

「絶版になっているのですか？」

「なんだ、知らなかったのか？」

「はい」

「蔦屋だぞ、あれは」

「そうでしょう」

だから蔦屋は、あのとき微妙な顔をしていたのだ。

「ま、平秩と唐来参和を生贄《いけにえ》にしたのだから、しばらく武士のお咎《とが》めはないだろう」

「白河公は、黄表紙がお好きなのでは？」

さっき橘洲はそう言ったではないか。

「自分の道楽と政は別だろうが。その区別は厳然たるものだ。武士に対しては、なおさら峻烈《しゅんれつ》なものとなる」

「……」

「町人なら町奉行所に呼び出し、せいぜい手鎖。入牢《じゅろう》まではよほどのことでなければない。白河さまも寛大な裁きでよしとするだろう。だが、武士は面倒だ」

「腹を切るほどのことでしょうか？」

まさかとは思うが恐る恐る訊いた。

「うらむ」

橘洲も首を捻《ひね》り、

「武士の切腹に決まりはないからな」

「切れと言われりゃ切りますか？」

春町はおどけた調子で訊いた。

「言われなくても切るのが武士だろう」

「そうかもしれませんな」

「まあ、主君に恥をかかせるようでなければ、腹までは切らぬだろう」

「なるほど」

「おぬしも、そろそろおとなしくしたほうがいいぞ。あの大田南畝みたいにな」

どうしても南畝をけなしたいらしい。

五

唐衣橘洲と会った三日後——。

春町は、おちちと蔦屋の耕書堂で待ち合わせをしていた。

おちちから頼まれたのだ。

「あたしの作を出版してくれるよう、蔦屋さんにひとことおっしゃってくださいな」と。

「なんて、言うんだ？」

「出してごらんよ、くらい言えるでしょ」

「それはいいけど、あの蔦屋は、情くらいじゃ動かんぞ」

「じゃあ、なんで動くんです？」

「それがわからんのだ。だから、不気味なんだが」

だが、春町が言えば、出してくれそうな気はする。部数さえ少なめに抑えれば、蔦屋が損をすることはない。それに、おちちなら自分の湯屋でかなりの数を売ってしまいそうである。

話が決まれば、春町はおちちの湯屋に寄るつもりでいる。

もちろん湯にもいっしょに入るだろう。吉原の昼の風呂《ふろ》じゃないから、変なことはできないが、それでも身体同士、おでんの具同士くらいには打ち解けたような気分になるはずである。

――そのあとは……。

なりゆきまかせ。

戯作者同士の男女というのは、作への助言もし合うのだろうか。あまり例は知らない。だが、女のほうの才が上回っていたりすると、つらいものがあるのではないか。

店の前で会い、いっしょに耕書堂に入った途端、

「あら、なんだか安いお香の匂いがすること」

おちがつぶやいた。

見覚えのある女がなかにいた。

女も春町に気づいた。

「ええと」

名が出て来なかった。

「梅賀桜《うめがさくら》です」

相手はたいして気を悪くしたようすでもなく、柔らかい声で名乗った。

「あ、狂歌の会で会ったんだよな」

「はい。恋川さまに褒められたのが、忘れられませんわ」

「そうだったかい」

「今度、蔦屋さんで黄表紙を出させてもらうことになりまして」

「黄表紙は初めてかい？」

「そうなんです。やっと、憧《あこが》れの恋川さまと同じ土俵に上がれるのかと思ったら、もうそわそわしてしまって」

「なにを言うかね」

春町、苦笑しながらちらりとおちを見た。

おちちのおっとりした顔つきが、
きりきりきりっ。

と、見る見るうちに豹変《ひょうへん》した。

「出来が心配でして」

梅賀桜はちょっと甘えた口調で言った。

「だって、蔦屋が出すと言っているんだろ。大丈夫だよ。あいつは自分が面白いと思ったものしか出さないから。見る目があるかどうかはわからないけどな」

と、春町は言った。

名伯楽と評判であるが、蔦屋だって、出すものすべてが当たっているわけではない。かなりしくじりもあるが、蔦屋は当たったものをさらに一伸びさせるのがうまいのだ。それは、勝手知ったる吉原で噂を撒《ま》いたり、瓦版を使ったり、まめにいろんなことをしているのだろう。だが、今度の『鸚鵡返』のようなものをあいつが当てると、変に売りまくって、お上の気持ちを逆撫《さかな》でし、こっちが危なくなる。

「竜宮城の話なんです」

「竜宮城の」

ちらりとおちちを見た。顔をそむけているので、表情はわからない。

「題は『大歓迎竜宮遊郭《だいかんげいりゅうぐうのくるわ》』というんです。竜宮城の乙姫が、近ごろ、訪ねてくれる人が少ないというので、沖の小島で遊郭を始める話なんですよ。もちろん、乙姫さまは太夫ですよ。乙姫のありんす言葉なんか、自分で書いていて、笑ってしまいましたよ」

梅賀桜は軽く手を叩《たた》き、身をよじった。作者が自分の冗談に笑う。だが、読者は作者ほどには笑わない。

もちろん春町はすぐに、おちちの『鼻曲竜宮湯屋』を思い出した。昔噺《むかしばなし》を翻案して笑いにする手法は、黄表紙ではおなじみ過ぎるもので、これを剽窃《ひょうせつ》と呼べるかどうかは、詳しく見てみないとわからない。

だが、当の作者であるおちちは、はらわたが煮えくり返っているだろう。

なんとか話を逸らさなければと思ったとき、ちょうど蔦屋が店の奥から顔を出し、

「あ、恋川さま」

と、声をかけて来た。

「じゃあ、黄表紙が出たら、また」

梅賀桜は軽く会釈をしていなくなった。あとには梅の香り——たぶん着物に焚《た》きしめてきたのだろう——が、ゆらゆらと残っていた。

六

翌朝――。

春町に激烈な胃の痛み。

夜中にきりきりと痛み出した。昨日、おちちの件で蔦屋とのあいだに挟まり、居たたまれない気持ちになったせいだろう。春町の胃はぎくしゃくした雰囲気に、きわめて敏感に反応するのだ。

結局、おちちの作は、書き直しということになった。

「では、あたしが書いたものは、梅賀桜の作より劣るということなんですね」

と、おちちは蔦屋に詰め寄った。

蔦屋はまるで悪びれるようすもなく、

「だって、梅賀桜は初めての作だよ。当たるか当たらないかはわからないが、世間の目は初物に対するものなんだ。でも、おちちさんはうちで出す前にも二作出しているから今度が四作目、前の三作はどれも売行きが悪かったよな」

と、言った。

「先の二作は版元が小さかったたし、鶴屋さんの前のやつは、絵がおとなし過ぎたんですよ」

「なに言ってるんだ。絵はむしろおとなしいくらいでいい。恋川さまの御作を見てごらん。けっしてこれ見よがしの派手さはないだろう」

おれの例なんか持ち出すな――と、春町は思った。

「でも、竜宮城の遊郭なんて、あたしの二番煎《にばんせん》じじゃないですか？」

「二番煎じじゃない。そんなことといったら、あんたのだって過去のいろんな戯作の二番煎じだろ」

「そんなことありませんよ。あたしは、湯屋の商売で苦労し、そのなかから戯作のタネを拾ったんですから」

「むしろ安直じゃないか」

「そんなぁ……恋川さま、なにかおっしゃってくださいな」

おちちは春町に助けを求めた。

そのときのおちちの顔を思い出し、

――痛たたた。

また、胃が捻《ね》じれるように痛んだ。

もともと胃の腑《ふ》は丈夫ではない。少年のころからの持病。

もっとも春町の持病は一つではない。

春町の持病の歴史を辿《たど》ったら、戯作の十は軽く書ける。

子どものときはひどい喘息《ぜんそく》持ちだった。秋口になると、毎年、かならず喘息の発作が起きた。半月ほど苦しくて眠れない日がつづき、医者に「この子はもう駄目かもしれない」と言われると、不思議に翌日には快癒した。

ただ、喘息にはあれが効くという話が入るたびに、それを試させられるのには閉口した。いちばんやるせなかったのは、蛙《かわず》を生きたまま、嚙《か》まずに飲み込むという治療法。暴れるため手足で痰《たん》を絡めとってくれるので、息が楽になるというのだ。秋口の蛙など、いい加減大きくなったやつで、それを飲み込むときの気持ち悪さといったらなかった。

心の臓がおかしくなったこともある。いや、それはいまも治っていない。一定の調子で打っていた脈が、急に止まる。「あ、心の臓が止まってる」と気づいて胸に手を当てると、しばらくして今度は誰かに追いかけられたみたいな速さで脈を刻み始める。それが十日に一度くらい起きるようになると、怖くて外に出て行けなくなったりした。いまは一年に一度くらいに減った。

気が変になるのではないかと、怯えたこともある。春町の実父は、紀州《きしゅう》徳川家の家老・安藤帯刀《あんどうたてわき》の家来だった。別に屋敷はあったが、なぜか実父は紀州家の中屋敷にいて、春町も広大な中屋敷の長屋で、二十歳まで育った。途中、学問所や剣術道場にも通ったが、裏門を出たところの鮫ヶ橋坂《さめがはしざか》というところに、いつも大きな声を上げているおかしな男がいて、ふと自分もやがてあんなふうになるのではないかと予感したら、恐ろしくてたまらなくなった。そのおかしな男を避け、広大な中屋敷をぐるりと遠回りしたこともあった。

やがてこの男がいなくなると、春町の恐怖もいったんは収まったが、あるとき友人と、将棋の駒をぜんぶ成り駒にして将棋を指したことがあった。盤面は王将以外、真っ赤っか。これで将棋を指すと、なにせ無敵同士の戦いみたいなわけだから、なかなか決着がつかない。そのうち、自分が急に無間地獄に落とされたような気になって、突如気がふれるのではないかという恐怖がぶり返し、十日ほど部屋に籠もったりした。

思えば、春町は朝起きて、

――今日は体調がいいなあ。

なんて日は、いままで生きて来て、一日たりともなかった。いつも、身体か気持ちのどこかが不調を抱えていた。これだもの、長生きなどできるはずがない。
いま、おちちの草稿が手元にある。預かりたくはなかったが、もう一部あるから
と、無理に押しつけられた。
題は『囲碁将棋女勝負《いごしょうぎおんなのかちまけ》』。むろん、絵はまだ入っていない。
囲碁柄の着物と、将棋柄の着物とでは、どっちを着たら女は映えるかという内容
だった。将棋柄の女のほうは、足の付け根あたりに金将がきて、「これはまずいで
しょう」と怒ったりする。ところどころ詰め将棋の柄になっていて、将棋好きは目
が離せなくなる。胸の二つの乳首のあたりに、成り歩が置かれ、「これは風紀上、
いかんな」などと言われたりもする。
一方、囲碁柄の着物の女も、黒の碁石が下腹部に集まったり、周りの男が、着物
の五目並べのつづきをしたりする。
あげくに、二人の女は囲碁の盤で、小型の駒を使って将棋を指したりして、
「囲碁ヶ原《いごがはら》の戦場が広すぎて、決着がつかないわ」
と、嘆いているところでおしまい。
——これは、おれでも突き返すな。
と、春町は思った。ほぼ女二人だけのやりとりで終始させているから、話に広が

りがないのだ。花札の彫り物でもした馬鹿な男でもぞろぞろ出して、もっと話を転がしていくべきだろうな……。

今度、会ったら、そう言ってやることにした。

七

起きる気になれず、昼近くまで横になっていると、下男の丑吉が、

「平沢さまが門のところにお見えです」

と、報《しら》せて来た。

「喜三二が？」

名前を聞いただけでムッとした。

「上がってもらいますか？」

「いや、いい」

春町は密偵につけられていなくても、喜三二はつけられているかもしれない。

「では、倉橋さまが行かれますか？」

「平沢さんは出世稲荷《いなり》の場所を知っている。そこの境内にいるように言ってくれ。

すぐに行くからと」

「わかりました」

丑吉がいなくなるとすぐ、春町は顔を洗い、水を一杯飲んで外に出た。胃の痛みは消えていた。

朋誠堂喜三二こと平沢常富は、旅支度で本殿のわきにぼんやり立っていた。少し離れたところに、やはり旅支度の若い家来がいた。

「どうした？」

春町は訊いた。嫌な予感がする。

「いまから国許《くにもと》へ帰ることになった。おぬしには世話になったので、挨拶《あいさつ》に来た」

「世話じゃないだろうよ」

天明の狂歌壇と黄表紙の流行を、ともに支えた仲間のはずである。

「いやいや、黄表紙のかたちをつくったのもおぬしだし、わしはその真似をしただけだ。しかも、絵もおぬしが描いてくれたから売れたのだ」

へりくだりぶりを、春町は冷たい目で見て、

「国許へは、おぬしが帰ると言ったのか？」

と、訊いた。

「いや、殿がそうしたほうがいいと」

「白河公から、正式な呼び出しでもあったのか？」

「それはまだない。だが、来てしまうと行かざるを得ないし、問い詰められること自体が、藩にとって不名誉なことになる。その前に、国許に帰ってしまったほうがいいと、殿はご判断なさった」

「江戸を離れる……もう、もどっては来ぬのか？」

「それはわからぬ。おそらく白河さまが老中をなさっているうちは、もどりにくいだろうな」

「なんと」

春町は衝撃を受けた。喜三二がここで逃げるとは思わなかった。しかも国許までとは、大田南畝よりひどい。

「すまぬ」

「すまぬじゃない。逃げるのか」

「逃げるのも手だろうが。ものを書く人間が、ろくにものも言えない時代が来ることは、唐土《もろこし》の歴史に学んで来たではないか。わしはむしろ予見していた。おおっぴらに幕府をからかったりできる時代は、そう長くはないと。強い権力を得ようとする者は、かならず勝手な言説を憎み始めるものだからな」

「そういえば、おぬしは竹林の七賢のことを言っていたな」

「ああ、『三国志』の末期に出てくる連中だ。彼らは、世の風潮やお上の弾圧に対し、それぞれ違った身の処し方をした。いま、わしが江戸から去って、嵐の過ぎるのを待つのも一つの方法なんだ」

　喜三二は、自らに言い聞かせるように言った。

「それで出羽にな……」

　せめて江戸屋敷でおとなしくしているふうにはできなかったのか。

「おぬしも国許に引っ込んでみてはどうだ？」

「冗談じゃない」

　国許は駿河国の小島藩。朋誠堂喜三二の久保田藩は二十万石。小島藩は一万石。あと百石少なかったら、大名ではなく旗本になる。

　東海道興津宿《とうかいどうおきつしゆく》の手前を山のほうに入った興津川沿いの盆地。一万石程度では、城もつくらせてもらえない。陣屋という、砦《とりで》に毛の生えたようなところで、細々と執務を執り行なう。ときどき、熊や猪が、人間が仕事をしているか、見に来たりする。

「行ったことはあるのだろう？」

「ああ、何度かはあるさ」

江戸生まれ、江戸育ちの春町だが、仕事のため、何度かは陣屋を訪ねている。

そのときの恐ろしかったこと。いま、思い出しても身の毛がよだつ。

「ああずら、そうずら」という、牛のよだれのようにだらしなく粘つくような言葉遣いをする連中が、春町歓迎の宴《うたげ》を催してくれた。

「名物のイルカ料理をふるまうずら。食べてくれずら」

といったようなことを言うと、人ほどもあるイルカを棒にくくりつけて運んできた。そのぬめぬめとした肌の不気味さ。まだ生きていて、春町をじいっと見て、

「食べないで」

と、囁いた気がした。肌は気味悪いが、口元などには悪意が感じられず、むしろかわいい。生きもの好きの春町には、踏み絵を舐めるようなもの。

お前たち、これを食うのかと目を瞠《みは》ると、ずら語を話す髭面《ひげづら》の藩士が、腹を横にではなく、縦に切り裂いた。切腹だって横に切る。縦に切られる身にもなってやれ、と春町は言いたかった。

血がだらだらと流れるのを、ぎらぎらした目で見ながら、部位をさばいていく。それを一部ずつ「胆《きも》ずら、腸ずら」などと言いながら、わきの鍋《なべ》に入れていき、こ

れを煮込んで食い始めるのだ。「ご用人、ここ、ここ。これを食ったら、朝まで仁王立ちずら」その血腥《ちなまぐさ》い味と言ったら、思い出しても胸が悪くなる。もしかしたら、品のいい江戸育ちの用人をからかってやろうと企《たくら》んだのかもしれぬと、春町はあとで訝《いぶか》しんだほどである。

連中の話と言ったら、毎日の天気の話に、近くで獲《と》れる食いものの話だけ。朝起きてから、いったい何人と、今日は晴れたが風は冷たいだの、明日はきっと雨になるだの、そういう天気の話を延々とするのだろう。そして、食いものの話の自慢げなこと。「江戸になんか、頼まれても行くのは嫌ずら」ああそうかい、こっちも、お前には来てもらいたくないと、はっきり言ってやりたかった。

――田舎暮らしだけは、勘弁してもらいたい。

「天明のころは、たしかに楽しかった。だが、もう去ってしまった」

「われに天命亡きにしもあらずや、か」

と、春町は思いついたことを言った。

「お、駄洒落か」

「急に浮かんだのだ」

「やっぱり倉橋は才能がある」

「天命は尽き、完成も遠し」

と、春町はまた言った。

「なるほど、天命と天明、完成と寛政《かんせい》か」

と喜んだ喜三二に、

「おぬしは、おれがいたから黄表紙が書けたんだろうな」

春町は意地悪く言った。

「倉橋がいたから？」

「そうだよ。おれから触発されたものを、自分なりにつくり変えた。あんたのはそればっかりだ。最初の一筆を自分の目で見つけようなんて思ったことがない。だから、そんなふうにかんたんに江戸から離れることができるんだ」

「そうかもしれぬ」

「そうかもしれぬだと？　ふざけるなよ」

春町はそっぽを向いた。そうじゃないと言って欲しかった。おれにはおれの書きたいことがあったのだと、胸倉を摑《つか》んで欲しかった。

いつの間に、喜三二はいなくなった。春町はぽつねんと境内にたたずんでいた。

喜三二がいなくなったと思ったら、無性に寂しくなってきた。

『金々先生』を出してからしばらくのあいだ、二人が書く黄表紙が売れまくり、次から次へと競いながら書きまくった時代があった。あのときは、正直、天下でも取ったような気分だったのである。まさかそのツケが、こんなかたちで回って来るなんて、あのころは考えてみたこともなかった。

——人間、調子に乗ってはいけない。

深々とため息をついた。

八

寂しさに耐え切れず、春町はぼんやりと歩きつづけていたらしい。ここはどこかと周囲を見れば、浅草橋《あさくさばし》のたもとではないか。そういえば、さっきは喜三二のいない久保田藩邸を眺めていたような気がする。

日が暮れかかってきた。もうじき暮れ六つ（午後六時ごろ）。今日は朝食も昼食も摂《と》っていない。藩邸にもどる気にはならず、近くのそば屋でざるそば一枚をかっこむと、春町は浅草橋のたもとで辻駕籠《つじかご》を拾った。

「どこへ？」

もらおうか」

と、訊かれ、

「江戸をお上りさんみたいに、一巡りしてみたいのだ。とりあえず両国橋を渡って

「へえ」

相棒同士見つめ合って、小さく首をかしげたが、「えいほ、えいほ」と、歩み出した。

風に混じる花の香り。季節は初夏の手前。熟れ切った爛漫《らんまん》の春。こんな宵は、外を歩くことこそ都会の愉悦。

今宵《こよい》はそぞろ歩きではなく、ぼんやり駕籠に揺られながら、江戸の夜景を味わいたくなった。田舎になんか行ったら、夜は真っ暗、不気味なほどである。宵明かりを楽しむことができるのも、江戸ならではなのだ。朋誠堂喜三二はこれから、出羽国の真っ暗な夜のなかに、蝙蝠《こうもり》のように身を潜めるのだろう。少し可哀そうな気がしてきた。

両国広小路は、昼間の賑《にぎ》わいはどこへやら。ここは本来、火除《ひよ》け地。芝居小屋も食いもの屋も、夜になったら店を畳んで、広場のわきへ片づけなければならない。このため、両国橋のたもとは、狐が出そうなほど、静かなところと化していた。

「橋を渡ったら、吾妻橋《あずまばし》へやってくれ」

「へい」

駕籠屋も、この客は浅黄裏なんかじゃないと悟ったのだろう。遠回りもせず、大川に沿って北上していく。大川が月を浮かべてきらきら輝いている。それに対岸の蔵前《くらまえ》から浅草の明かりが加わって、水面《みなも》の美しさは走馬燈《そうまとう》にも似ている。

吾妻橋を渡る途中、

「駕籠屋さん。橋の上から景色を見たいんだ。休憩がてら、止めておくれ」

「へい」

春町は橋の真ん中で駕籠を降り、欄干に寄りかかった。

「大丈夫だ。飛び込むわけではない」

心配そうな顔をした二人に言った。

ここから見る夜景は、たまらない。大川に沿った道には、提灯《ちょうちん》の明かりの渦が流れて行く。水面には明かりを点《とも》した数十の舟が行きかっている。夜の明かりが動くさまは、哀しいほどに温かい。

「よし。次は吉原だ」

「そう来ると思ってましたよ」

一息ついた駕籠屋の速度が一段上がった。

山谷堀から日本堤《にほんづつみ》へ。駕籠のすだれ越しに、吉原の明かりが見えて来た。あの光の洪水はいったいなんということだろう。吉原の一郭だけが、夜のなかに赤々と輝き渡っているのだ。どれだけのろうそく、どれだけの油を点せば、あれほどの明かりになるのか。満天の星も敵《かな》わない、不夜城吉原。

「おっと、ここで止めておくれ」

「え？　揚がらないので？」

「ああ」

いくら眩《まぶ》しいところでも、今宵は揚がる気はしない。女が欲しくないわけではない。心と心をつなげて、女と眠りたい。

すると、萬屋賀久子こと、﨟《ろう》たけたおちちの顔が浮かんできた。

九

春町は、富沢町の湯屋〈玉屋〉にやって来た。

駕籠から降りると、腰がふらつくくらい疲れていた。駕籠代をはずみ、お礼の声を背に、のれんを分けた。ところが、番台におちちの姿はない。目つきの悪いじいさんが座っていて、訊《たず》ねる気にもなれず、とりあえずは疲れを取るため湯につかることにした。

この前は橘洲と会ってしまい、湯には入らずじまいだった。これだけ大きな構えだから、湯舟も大きいはずである。湯舟はやはり、広いほど気持ちがいい。

ざくろ口をくぐると、湯舟が広いのはうっすらとわかったが、暗くてほとんど見えない。目が慣れてきたら、身体のかたちくらいはわかるようになるだろう。混浴の眼福というものである。

もう五つ（午後八時ごろ）は過ぎた。仕舞い湯だろう。おそらくはかなり汚れているはずの湯に首までつかった。

「出るんでしょ、新作？　期待してるわよ」

湯舟の反対側で女の声がした。

「それがちょっと微妙なことになっちゃっててさ」

そう言ったのは、おちちの声である。

「どうかしたの？」

「割り込みにあったのよ。新人の女戯作者に」

「あら、そう。なんて人？」

「言ったってわかんないわよ、まだ一冊も出したことないど素人だもの。梅賀桜っていうの。これが蔦屋さんに媚《こび》売っちゃってさ。なにやらせてるか、わかんないわよ。見せたかったわよ。別れのお辞儀するときなんか、こうよ。斜めに身体傾けちゃって。それじゃ踊りだっていうの」

目が慣れてきて、おちちがその恰好《かっこう》を真似るところも見えた。わざわざ立ってしてみせたのだ。確かに、梅賀桜は身体を傾けるようなお辞儀はしていたが、そこまで極端ではなかった。

「梅賀って名にちなんだんじゃないの、お香の匂い、ぷんぷんさせちゃって。ところが安物のお香だから、梅じゃなくて、梅干しの臭い」

「梅干しじゃ、媚も売れないでしょうよ」

「でも、ああいう商売をしてる人ってのは、どんなゲテモノでも一回は味見したいって思うみたいよ。それが勉強なのね。もう、あの女なんか、いろんな版元にどんだけ勉強させてやったか」

「まあ、そういう世界なの？」

「そういう世界なのよ。だからあたしも、本気では足を踏み入れたくないわけよ。

しかも、蔦屋に出させてもらおうと思っている作ってのは、明らかにあたしの『鼻曲竜宮湯屋』を盗んでるの」

「そうなの？」

「だって、梅賀のは『大歓迎竜宮遊郭』っていうんだけど、浦島太郎以来、竜宮城を訪れる客が少なくなったので、離れ小島に遊郭をつくるの」

「あら、あんたの『鼻曲竜宮湯屋』そのまんまじゃない」

相手はそう言った。ちゃんとおちちの前作も読んでいるらしい。声や身体つきからして、おちちと同じ歳くらい。近所の商家のおかみさんだろう。

「そのまんまよ。泥棒猫。どうりで毛深い感じがしたわけね。しかも、乙姫が遊郭つくるなんて、馬鹿でも思いつくわよね。なんていうの、発想の飛躍がないわけよ。乙姫が湯屋やるっていうところがこじゃれてるわけじゃない？」

「うん、そこ、笑った」

「でしょう？　それで、乙姫は太夫だって」

「つまんなぁーい」

「だよね？　あたしだったら、逆に、乙姫は牛太郎《ぎゅうたろう》にするわね。直接、男の肌に触れなくてすむからって。それで、旦那《だんな》、いい女いますよ、とか言わせて」

「面白い」

「あの女、いまはなにしてんのかわからないけど、吉原にいたことあるわね」

おちちが憎しみをこめて言った。

「あら、そう？」

「あたしが竜宮の湯屋にしたのといっしょよ。あの女は、自分がじっさいに経験してきたことを、戯作仕立てにしてるだけ。だいたいあたしは、売ったことがある女って、身体つきでわかるの。だって、ここで何千人、何万人ていう女の裸を見てきたのよ。そりゃあ、着物の上からだってわかっちゃうわよ。ほんと、この噂、ばら蒔《ま》いてやらなくちゃね」

「あたしも助けるわ」

「ありがとう」

いったい、なんということを話しているのだろう。女はすべて、こうしてろくでもない噂をばら蒔いているのか。才ある女は皆、気はきついのか。

聞くに堪《た》えない話で、出て行きたいが、目が慣れたら相手を特定できるくらいの明るさである。春町は、出るに出られなくなってのぼせてきた。

顔を見られるとまずいので、後ろを向いて立ち上がった。頭がふらふらして倒れそうである。

隣にいた男が手を差し伸べてくれたのはわかった。

「おい、あんた、大丈夫か？　おっと、いけねえ。こいつ、湯当たりしたみたいだ。誰か、あっちに連れて行くのを手伝ってくれ」

そう言われた途端、目の前が真っ暗になって……。

十

「恋川さま」

額に冷たい手ぬぐいが当てられるのがわかった。

「ん？」

春町は横になっている。

「会いに来てくだすってたのね」

「そうだな」

「嬉しい」

おちちは艶然と微笑んだ。

春町は頭を上げ、部屋を見回した。

「ここは？」

「湯屋のわきにつくった離れなんですよ。誰も来ないから、くつろいでくださいな」

見ると春町は、つんつるてんの浴衣《ゆかた》一枚。しかも帯もむすんでいない。

だが、おちちのほうも、薄い浴衣を羽織っただけ。細い帯は緩く結んだだけなので、胸元はすっかりはだけている。見えているのは、豊か過ぎるくらいの乳房。

おちちが囁くように言った。

「恋川の、春町さま」

「……」

「考えてくださいました？　どうすれば、もっと面白くなるか？」

「ここんとこ、ちょっとごたごたつづきで、頭が働かなくてな」

「まあ、可哀そう。元気出してくださいな。あたしでよかったら、どんなふうにでも使っていただいて」

おちちはそう言いながら手を伸ばし、春町の浴衣をめくった。下腹部が露《あら》わになるのがわかった。おちちの顔がそこに近づいて行く。

「あ、そんな悪いよ」

「悪くなんかありませんわよ」

　おちちの息がかかるのがわかった。

　だが、さきの激烈な悪口がよみがえった。

「安物のお香だから、梅干しの臭い」

「遊郭つくるなんて、馬鹿でも思いつく」

「あの女、吉原にいたことあるわね」

「この噂、ばら蒔いてやらなくちゃ」

　なんという意地悪。悪臭芬々《ふんぷん》たる毒。それが嫉妬《しっと》からきているのも明らか。

　だが、戯作者はおそらく皆、嫉妬でできた毒を身中にため込んでいる。自分にもそういうものはある。大田南畝にも、山東京伝にも、芝全交にも、つねに持ちつづけてきた。ないと思っている朋誠堂喜三二に対しても、じつはあるのかもしれない。ぜったいにないと断言できるのは、三十年前に死んでいる馬場文耕に対してだけ。

　だが、馬場文耕が生きていたら、やはり嫉妬していたかもしれない。

　おちちは、春町の下半身を触っている。だが、漲《みなぎ》ってくるものがない。

　やはり、同じ毒を持つ者同士、身体を合わせることはできないのではないか。かならずや、互いに刺し違えるようなことになるに決まっている。

「駄目なんだよ、おちちさん」

と、春町は言った。もともと絶倫にはほど遠い。身体も弱いが、そこはもっと弱い。

「大丈夫。いま、湯当たりしたからよ。ふやけてしわしわだけど、もうじきちゃんともどるわよ」

「そうじゃなくて、どうも、おれは役立たずになってしまったみたいでね」

おちちの指先の動きが止まった。

「いまだけじゃないの？」

「そうなんだよ」

「あら、そう……残念ね、せっかく、いい仲になろうと思ったのに」

「残念だけど」

おちちの顔から急に笑みが消えた。熟れたあけびが、いきなり下の池に落ちたみたいだった。

「あ、あたし用事を思い出したわ。恋川さま。ここで寝ていってもいいし、適当に帰ってもらってもかまわないわよ」

適当なときに帰れと言わんばかりである。

おちちは春町の返事も聞かず、さっさと奥のほうへと消えてしまった。

第四章　幼馴染《おさななじみ》のおけけ

一

江戸でも有数の大手の版元である〈鶴屋〉の手代が、

「うちの旦那《だんな》が、恋川さまにお引き合わせしたい方が来ているので、ぜひお越しいただけないかと申しているのですが」

と、やって来た。

鶴屋とはほとんど付き合いがなかったが、このところ蔦屋とはどうも気持ちにわだかまりがあって、仕事をする気はなくなっている。

蔦屋とは距離を置き、ほかの版元と仕事をするという手があるのではないか。すると、そのうちに白河公も、春町の仕事から目を逸《そ》らしてくれたりするかもしれない。戯作《げさく》者本人より、蔦屋が狙われていることは充分、考えられる。

いまは昼七つ（午後四時ごろ）。藩邸の仕事も切り上げどき。

「わかりました。伺いましょう」

春町は、手代とともに鶴屋に向かった。

鶴屋は、日本橋北の通油町のなかほどにある。のれんに大きく描かれた、鶴が羽を広げた紋は、この通りを歩けばかならず目に入る。京《きょう》の本屋の江戸店として進出して来て、いまや鱗形屋と並ぶ老舗の地本問屋《といや》になった。

「お、いらっしゃった」

あるじの喜右衛門《きえもん》の、そつのない、きれいな表紙のような笑顔。

その前にいる、春町より十は若そうな御仁は見覚えがない。

「恋川さま。こちらは、芝全交さんです」

と、鶴屋喜右衛門が紹介した。

「ああ、あなたが芝さんですか」

同業の売れっ子戯作者である。

いま活躍している戯作者は、たいがい狂歌のほうから来ているが、芝全交は狂歌をつくって来なかった。そのため、いままで面識もなかったのだ。どうやら鶴屋のあるじと以前から面識があり、曾我《そが》物の戯作を見せると、これは黄表紙でというので発刊。たちまち人気作者の一人になったとは聞いていた。

もともとは水戸藩の大蔵《おおくら》流の狂言師。狂言師は、猿楽師が明らかに士分扱いされるのに対し、一段下げられる。だが、水戸家から給金をいただくのだから、士分と言ってもいいだろう。

「初めまして」

芝全交は丁寧に頭を下げた。

「芝さんとは一度、ゆっくり話がしたかった」

と、春町は言った。その望みは、ほかの戯作者にも話していた。そこから鶴屋を通して回ったのだろう。

「わたしもです。しかも、恋川さまの噂をいろいろ伺っていて、心配しておりました」

「どんな噂が回っています？」

「恋川さまのお作が、生贄《いけにえ》のようになるのではないかと。なにせ、売行きがわれわれのとは桁《けた》が違いますから」

「ははあ」

やはり、そんなふうに見られているらしい。蔦屋はそういうことをちゃんと春町に伝えていないのだ。

「だが、わたしなども、いっしょです。いつ、幕府からお叱りの声がかかるかと、戦々恐々ですよ」

そうは言いつつ、芝全交は穏やかな笑みをたたえている。

「芝さんのお作は、神仏を扱ったものが多いですね」

「はい。どういうわけか」

「どういうわけかじゃない。狙っているでしょうよ。だが、神仏を洒落《しゃれ》のめし、笑いものにするのは、幕政批判よりもっと毒がある。政の主役など絶えず変わっていくものだけど、民が宗門人別改帳《あらためちょう》で寺に縛られつづけるのは、ずっとつづくものだ。いわばこの世の根幹。それをあれだけからかうんだから、たいしたもんだ」

春町の言葉に、芝全交は、「うふっ」と小さく微笑んだだけ。

芝全交の傑作といえば、『大悲千禄本《だいひのせんろつぽん》』を挙げる人が多い。もちろん、春町も傑作と認めるが、『当世大通仏買帳《とうせいだいつうぶつかいちょう》』も捨て難い。

話は、信州西光寺《しんしゆうさいこうじ》の地蔵菩薩《ぼさつ》が、江戸の目黒不動尊へご開帳で出ようというところから始まる。地蔵菩薩がのたまうに、「近ごろは仏の教えもすたり、人々は色恋の道に励むばかり。おれも仏道どころではないから、こうなったら色の道の修行をし、色道地蔵となって、人々を色の道に導こうと思う」。

色道地蔵は、真面目な参詣人《さんけい》に「そんな無駄なことはやめて、品川《しながわ》の女郎屋に行ったほうがいい」などと勧めながら、自分も品川の女郎屋へ登楼した。すると、あとから蛸薬師如来《たこやくしにょらい》と、寝釈迦《ねしゃか》が追いかけて来る。

ここで色道地蔵と蛸薬師如来と寝釈迦は、一人ずつ女郎を呼んで、くだらぬ話をしながら、それぞれの布団のなかでしっぽり楽しんでいる始末。

しかも、一晩どころか居つづけまで始まった。色道地蔵の息子の地蔵が、おやじのだらしないのをなんと弘法大師《こうぼうだいし》に相談。そこで、弘法大師が迎えに行った。

色道地蔵も弘法大師に頼まれて、いったんは帰るが、すぐにまた蛸薬師如来や寝釈迦とともに登楼してしまう。たまに相方がほかの客のところに行ってしまうと、色道地蔵は、蛸薬師如来の三味線《しゃみせん》と寝釈迦の長唄《ながうた》で、唄ったり踊ったり。これを見た他の客は、「ありがたいものを見せてもらった」と、賽銭《さいせん》の雨を降らした。

そのうち色道地蔵は、松若《まつわか》という女郎とねんごろになって、あげくには連れて逃げてしまった。一方、蛸薬師如来は〈たこあん漬け〉などという漬け物の商売を始め、飛ぶような売行き。寝釈迦は逆に、女郎買いの借金で首が回らず入滅。女郎屋の関係者は、入滅の悲しみではなく、借金を踏み倒されたことで泣きじゃくる。

この三体の仏のひどいありさまに、もともと色道地蔵を呼ぶはずだった目黒のお不動さまが現われて、「くだらぬ騒ぎを起こしてないで、これからはご開帳に精を出せ」と説教し、以後、色道地蔵も蛸薬師如来も、寝釈迦も、ご開帳で大儲《おおもう》け……。

ざっと、こんな話なのだ。

仏さまをこんなに茶化していいのかと、春町でさえ心配になるくらい。しかも、江戸はこのところご開帳の大流行、あっちでもこっちでもご開帳。すなわち、これに群がる参拝客までおちょくっているのだ。じつに肝の太い風刺ではないか。

そう思ったとき、春町の脳裏に閃《ひらめ》きが走った。

「ねえ、芝全交さん。しばぜんこう、ばばぶんこう。二文字しか違わない。もしかして、芝全交の名は、馬場文耕から？」

と、春町は訊《き》いた。

「ええ。尊敬していましてね」

芝全交は、苦笑してうなずいた。やはりそうだったのだ。

「こんな世になると、馬場文耕の生き方に、改めて感心させられる。もし、いまの世に馬場文耕が生きていたら……」

春町がそう言うと、

「どうでしょう。わたしなどはさらに調子に乗って、いまごろは文耕といっしょに獄門首ではないでしょうか」

と、芝全交。これは覚悟の表明だろう。

それからしばらく、この世のくだらなさ、戯作者の無力さを語り合って意気投合。

たちまち外は暗くなって来て、「また、ぜひ、会いましょう」の約束。

だが、別れ際に、

「昔、恋川さまの近所にいたというおけけさんという女の人を覚えておられますか？」

と、芝全交は意外なことを訊いた。

その名を聞いて、

「そこのけおけけ！」

と、春町、思わず叫んだ。

「そこのけおけけ？」

「そう。いつも、のんびりして邪魔臭かったりするので、わたしが綽名《あだな》をつけてからかったんだ」

吉光《よしみつ》。紀州家の中屋敷の門とつながった長屋。そこで二つ隣の家に住んでいた。苗字《みょうじ》は吉光。吉光けけ。

よく覚えている。歳の離れた姉が二人いて、名はねねとやや。けけは、三姉妹の末っ子だった。

じつは春町の初恋の女。「そこのけ」なんて意地悪して言ったけれど、それは子どもらしくないおっとりしたふるまいに、男とはまるで違うふんわりとした美しさを感じたからなのだ。

「そうですか。でも、いまはそんな感じはありません。あんなに気の利く、いい女がいるのかと思ってしまうくらいですよ」

「ほう」

「おけけさん、お会いしたいと言ってましたよ」

「どこにいるんだね？」

「お近くです。水戸藩邸のなかにいます」

「そうなのか」

ほんとに近い。広大な水戸藩邸を金魚に喩《たと》えると、ちょうど糞《ふん》のところが小島藩邸。

「恋川さまは、二十歳くらいのとき、ご養子に出られましたでしょう。それから少しして、おけけさんは水戸家のご家来のところに嫁に行かれました。だが、一人、お子さんができたあと、ご亭主は亡くなられて」

「寡婦《やもめ》か」

「だが、おけけさんは仕立ての上手なのです。殿さまの着物もおけけさんにおまかせするほどで、いまは藩邸内で仕立てものをされながら暮らしています。重宝がられ、暮らしに困ることもないようです」

「それはよかった」

「明日、わたしも上屋敷に伺う用事がございます。夕方にでも、わたしを訪ねて来ていただければ、お引き合わせいたしますよ」

「そうか」

春町の心になにか温かなものが広がった。

二

翌日の昼七つ（午後四時ごろ）――。

春町は水戸藩邸の裏門を訪ねた。

門番に声をかけると、芝全交がおけけを連れてやって来た。

「ああ、倉橋さま」

「おけけちゃん」

二人は瞬時に、三十年の時を大股《おおまた》で飛び越えた。

「二人とも顔がいきなり子どもに変わりましたね」

と、芝全交があきれて言ったほど。

「邸内は気づまりだ。外へ行きましょう」

芝全交にそそのかされて、春町は行きつけのうなぎ屋へ。三人で二階に上がった。

「ああ、意地悪な倉橋さま。あのころの面影そのままね」

「そこのけおけけ。懐かしいなあ」

三つ歳下だが、妙に大人っぽい女の子だった。覚えていることはいっぱいあるが、春町が十歳くらいのころ、ひどい地震があった。かなりの揺れで、家のなかにいた者は、皆、頭を押さえて外へ飛び出した。じっさい、長屋門の一部が壊れたり、母屋の梁《はり》が一本折れて、怪我人が出たほどだった。

このときおけけは、仏壇の阿弥陀《あみだ》さまの像と、先祖の位牌《いはい》を三つ四つまとめて風呂敷《ろしき》に包み、背中におんぶしていた。そのすばやさにも驚いたが、

「毎朝、一生懸命拝むものだから、とっさに持ち出しました」

との言いように、周囲の大人はわが身の不信心と軽率さを恥じる始末だった。

「『金々先生栄花夢』が評判になったとき、まさか恋川春町が倉橋さまだなんて思ってもみなかった。でも、そのあと書かれた『高慢斎行脚日記《こうまんさいあんぎゃにっき》』を読んで、もしかしたらって思ったんです」

「ああ、高泯斎《こうみんさい》のこと？」

「ええ。あの人を題材に使ったんだと思ったら、恋川春町は倉橋さま？　って、ぴんと来たんですよ」

「よく気がついたなあ」

高泯斎は、かつて同じ長屋にいた紀州家の侍である。隠居後に外へ出て、茶道や生け花の師匠を始めたが、その腕前はかなり怪しいと、邸内の者が噂していたのだった。じっさい、春町は稽古《けいこ》ごとを茶化してやろうと思い立ったとき、高泯斎を思い出し、高慢斎という主人公をつくったのだった。

「あのあとの『参幅対紫曾我《さんぷくついむらさきそが》』でも、『万載集著微来歴《まんざいしゅうちょびらいれき》』でも、倉橋さまを感じました」

「そうか。ずいぶん丁寧に読んでくれたんだな」

読み取る力がなければわからない。やはりおけけは賢い。

「けれど『鸚鵡返文武二道』にはハラハラしましたよ。あそこは、微妙なところですもの」

「でも、『鸚鵡返』は、それほど白河公へ反抗する気持ちがあって、書いたわけではないんだよ。ただ、ちょっと武士そのものをからかってやろうくらいの気持ちだった」

「そうなの？」

「だが、おれの気持ちの奥底に毒や悪意があり、それが自然ににじみ出てしまったのだろうな。それを読者も見透かし、おそらく白河公も見透かしたのかもしれない」

「怖いですね」

おけけがそう言うと、

「怖いですよ、読者は。馬鹿な読者もいっぱいいます。大声上げるのは、たいがいそっちです。だが、賢い読者、鋭い読者も間違いなくいます」

と、芝全交が言った。

「謙虚だね、芝全交は」

春町は皮肉っぽく言った。

「恋川さまはそうは思われない？」

「賢くて鋭い読者もいるのは認めるよ。だが、さらにそれから、賢くて鋭くて寛大な読者と、賢くて鋭いが意地悪な読者に分かれる。その意地悪なほうに馬鹿な読者が乗っかると、とんでもないことになる」

「とんでもないこと？」

「もしかしたら、いまの幕府の締め付けの裏では、そっちの連中がそそのかしてるのかもしれないぜ」

「なるほど」

「しかも、版元だって、黄表紙や洒落本《しゃれ》になど手を出してないところもあるんだからな」

江戸にどれだけの版元があるのか、春町はよく知らないが、蔦屋はたしか五百くらいと言っていた。そのうち、黄表紙や洒落本など軽いものを出すのは、春町が知っている限りせいぜい二十くらいではないのか。

「ははあ」

芝全交もなんとなくわかるという程度にうなずいた。

うなぎが焼き上がってきた。箸《はし》をつけながら、

「幼馴染はいいもんだな」

と、春町はおけけに言った。

「どんなふうに？」

「なんとなく気が休まる」

「だって、裸の心を見せっこしてますから」

おけけが微笑んだ。その笑みには、昔はなかった色気がある。

「恋川さまはどんな子どもだったのです？」

と、芝全交がおけけに訊いた。

「おっちょこちょい」

おけけはそう言って噴き出した。

「ああ、そうだな」

それはいまもそうかもしれない。

「お調子者のふざけん坊」

と、おけけはつづけた。

「まったくだ。子どものころから、よく、『ふざけるな』と叱られたものさ。武士はふざけてはいかんと。だが、ふざけるのは面白い」

この前、女戯作者のおちちともそういう話をした。

「そうよね」

おけけが微笑んだ。

「だが、さらに言うと、ふざけないと生きていけないという人間はいるのではないかな。ふざけないと、つらくてやっていけないということは、あるんじゃないか」

春町がそう言うと、

「ありますとも。ふざけないとやっていけない時代だってありますよ。まさに、いまがそうでしょう。だからわたしは、一生懸命ふざけているんですよ」

芝全交の言葉は、あまりにも生真面目な感じがして、座が少し白けた。

それを察したように、

「ねえ、三人でどこかに行きましょうよ」

と、おけけが言った。

「いいね」

春町が賛成し、

「どこにしましょう？　中途半端な季節だな。菖蒲《しょうぶ》？　あやめ？」

芝全交が訊いた。

「花なんかつまんないわよ。夜でもいい？　いまからよ」

「かまわないさ」

春町がうなずいた。

「だったら、お化け見物にしない？」

「お化け見物？」

「どんどん橋ってあるでしょ」

「船河原橋《ふなかわらばし》のことだろう」

「そう。あそこのちかくに河童《かっぱ》が出るって話を聞いたの。あたし、見てみたい」

「ほう。そこのけおけけにそんな冒険心があったとはね」

三人はゆっくりうなぎで飯を食べ、五つ（午後八時ごろ）近くなってから外に出た。

三

どういう加減なのか、小日向《こひなた》から来る川の流れが、船河原橋のところでいったん堰《せ》き止められてお濠《ほり》に落ちるのだが、このとき「ざーっ」という滝の音ではなく、「どんどん」という一定の調子を刻むのである。ゆえに、どんどん橋。

間近なら音はうるさいだろうが、遠くまで届く音ではなく、ちょっと離れると、逆に夜の静けさを際立たせる。

あたりは、すべて武家屋敷。澄ましたように静まり返って、生き生きとした喧噪《けんそう》も、ほのぼのした明かりもない武家屋敷。

だからこそ、ここに妖《あや》しいものが現われるのだろう。

「河童はどのあたりに出るんだね？」

春町がおけけに訊いた。

「お濠じゃないほうって聞いたけど」

「じゃあ、そっちだ」
二、三町上流に竜慶橋《りゅうけいばし》が架かっている。そっちに向かって、ゆっくり歩いた。
「このあたりで待つか」

と、春町は立ち止まって、提灯《ちょうちん》の火を消した。

夜空に十八日の月。明かりはうっすら影を刻むくらい。

「ああ、あたし、もう怖い」

おけけが、少し甘えた声で言った。

「だったら、やめればいい」

「怖いけど、見たい」

「女の人はお化けが好きですね」

芝全交が、優しい口調で言った。

男二人、女一人。おけけはどこか浮き浮きしている。

「河童というのは、お化けなのか？　生きものなのか？」

春町がひとりごとみたいに言った。

「あら、ほんと。そんなこと、考えてもみなかった」

と、おけけが言った。

「お化けより、生きものだというほうが怖いですね」

芝全交が言った。

「お化けより、おかしな人間のほうが怖いしな」

「まったくです」

「そういえば、おけけちゃんは紀州藩邸にいたころ、西側の通りにいつもおかしな男がいたのを憶えてないか？」

「ああ、牛蔵《うしぞう》のことでしょ？」

「え？　名前まで憶えてる？」

「あの人、邸内の娘たちのあいだでも有名だったもの」

「そうなのか」

「でも、牛蔵、あのあと治ったのよ」

「治るの？　ああいうのが？」

「完全かどうかわからないけど、おとなしくなって炭屋の配達をしてたもの」

「そうなのか」

春町は、あの男を見るたび、自分もああなるのではないかと、怖くて仕方がなかった。だが、治ったと聞いて、自分のなかにある危うさの種みたいなものも消えた気がして、なんだかホッとした。

と、そのとき――。

どぼん。

という音がした。堰き止められた水が落ちる音ではない。

「なにかしら、いまの？」

「人が落ちたとしたら、助けないといけないぞ」

「人じゃないわよ。河童？」

「河童が飛び込んだのか？」

「あっちに行ってみましょうよ」

半町ほど、どんどん橋のほうへもどった。

「あ、あれ」

おけけが指差したあたり。水のなかから押し出されたみたいに、一匹のなにものかがぴょこんと湧き上がって、それは岸に手をついたかと思うと、ひょいと向こうの岸辺に立った。恐ろしいほど身が軽い。

「河童よ！」

おけけは、声を抑えて叫んだ。

たしかに河童らしき影。頭に皿はあるか。背中に甲羅を背負《しょ》っているか。頭ははっきり見えないが、背中になにか背負っている。甲羅かどうかはわからない。

「そうよね？」

「どうだかねえ？　子どもがご禁制の鯉でも盗《と》りに来ていたのでは？」

芝全交は、懐疑に傾き、

「倉橋さまはどう思う？」

「子どもにしては身体つきが妙だったけど、河童ねえ」

春町はどっちつかず。

影を怪しみながら、影に怯《おび》える。白河公への恐れも、しょせんはその類《たぐ》いではないのか。

四

おけけを送って、芝全交とも別れ、遅くなって藩邸にもどると――。

藩邸の門前に武士が一人立っていた。見覚えがある。

春町が近づいて行くと、

「あ、もどられましたか」

ずっと待っていたらしい。

「これは、たしか、服部正礼さま」

松平定信の家来である。自分でも狂歌をつくったりして、会合でも幾度か会っている。以前、松平定信が春町と朋誠堂喜三二に会いたがっていると伝えたのも、この男だった。

足元を真っ黒い蛇が笑いながら通り過ぎたような、不気味な予感。

「これを直接、恋川さまにお渡しするように命じられまして」

と、書状を渡して寄越《よこ》した。闇のなかに白い紙は、物騒でいけない。

「どなたから？」

「あるじ、松平定信から」

服部はまっすぐ春町の目を見て言った。

「ああ」

ろくな返事もできないでいると、

「では、たしかにお渡ししましたぞ」

念押しし、一礼して足早に引き返して行った。

門をくぐって藩邸に入り、自分の家にもどると、その書状を机の上に置いた。

これほど開けたくない文は、いままでもらったことがない。

だが、開けた。心の臓の脈が乱れた。

　いろいろ訊《たず》ねたきことこれあり、
おりを見て屋敷か、千代田の城までお越し願いたく候。

文面はこれだけ。

松平越中守《えっちゅうのかみ》定信の名と花押がある。これがなぜか光って見える。

ついに来た。朋誠堂喜三二はこれが来るのが怖くて、さっさと江戸を離れてしまった。だが、肝心なことはなにも書いていない。いいようにも悪いようにも取れるし、この文で定信の気持ちを推し量ることはできない。

わざとそうしたのか。

きっとそうだ。

だとしたら、松平定信は相当に意地が悪い。

――どうしよう？

まずは藩主松平信義に報告しなければならない。たぶん、ことの重大さがぴんと来ない。それでも言わなければまずい。

遅くなったが、藩主の部屋を訪ねた。

まだ寝ておらず、女中相手に将棋を指していた。

「殿。ちと、お話が」

「大事な用か？」

「は」

将棋の台をそのまま片付けさせ、

「なんじゃ？」

と、藩主は訊いた。

「ご老中松平定信からわたし宛てに、召喚の文が参りました」

春町はその文を見せた。

「なぜ、白河さまが倉橋を？」

「おそらく、わたしが書いている戯作のことかと」

「倉橋の戯作？」

「偽名で書いているとはお話し申し上げたはずですが」

「うむ。聞いた気もするが」

戯作などは、この藩主がいちばん関心のないものだろう。

藩主がひたすら関心を持っているのは相撲。「わが藩でも相撲取りを抱えたい」というのを、「あれはとんでもなく金がかかりますので」と、どうにか諦《あきら》めさせてきた。駄目なら、藩内から相撲取りを育てればいいと言い出したので、国許《くにもと》で身体の大きな少年がいたら、江戸に送るように伝えてある。ただ、いままで四人の若い者が出て来たが、どれもものにならず、三人は国許にもどし、一人は藩邸内で下男をしている。

相撲は見るだけでなく、自分でもやりたがる。体格もいいし、力もある。ただ、脱腸持ちのため、いきむと陰嚢《いんのう》が膨れ上がったりするので、思うようにはやれないでいる。

「戯作でふざけ過ぎたかもしれませぬ」

「どんなのを書いた？　わしに読ませてみよ」

「は」

春町は、いったん邸内の家にもどり、これまでに書いたものを持って来た。四十数冊。朋誠堂喜三二などの作に、絵だけ描いたものも入れたが、春本の『遺精先生夢枕』だけはさすがに抜いた。

藩主の前に積み上げると、

「これをすべて倉橋が書いたのか？」

と、驚いた。

「は、絵だけのものもありますが、たいがい文も絵も」

「よくこんなに書いたな」

中身より数に感心したらしい。

「薄いものですから」

「いや、そういうものではあるまい」

一冊取り上げて、春町の前で読み出した。『化物大江山《ばけものおおえやま》』。そばとうどんの戦いを、源頼光《みなもとのらいこう》の酒呑童子《しゅてんどうじ》の話になぞらえて書いたものである。黄表紙に手を染めて、二年目くらいの作だった。

目の前でこんなふうに読まれるのは初めてである。途中、げすげすと、品のない声で笑った。どこで笑ったか、気になる。

だが、最後までは読まず、

「どれもこうしたものか？」

と、訊いた。

「はい。もう少し風刺を利かせたものもありますので、白河公は、そのことで怒っているのかもしれませぬ」

「怒りはしないだろう、こんなもので」

こんなもの。まさに。こういう人にとっては、こんなものなのだ。なにが面白いのかわからない、愚にもつかぬもの。だが、真っ白い顔をした貴人には違う。背後の毒を嗅《か》ぎ取ったのだ。

「行けばよいだろう」

と、藩主は言った。そう。行って、怒っているなら這《は》いつくばって詫《わ》びればいい。それでも怒りが解けぬなら、腹かっさばいて、死んでくればいい。

「では、おりを見て」

そう答えたあと、春町の身体に震えが走り出した。力を入れても、撫《な》でさすっても、なかなか止めることはできなかった。

五

恋川春町はそれから二、三日、憂鬱《ゆううつ》でたまらず、どこにも出かけずにずっと藩邸内で過ごした。そのあいだ、松平定信の文について考えた。考えたくないが、考えざるを得ない。行くべきか、行かざるべきか。それはそのまま、生きるべきか、死すべきか。

三日目の夜も、悶々《もんもん》としていると、襖《ふすま》の向こうから、

「父上、よろしいでしょうか？」

息子の亀之助《かめのすけ》の声。

「どうした？」

「お教えいただきたいのですが？」

「なんだ？」

襖が開いて、

「この算術の問なのですが」

一枚の紙が示された。

「算術……」

春町はあまり得意ではない。というより大の苦手。逆に、亀之助は算術が好きで、とくに学問所のほかに別の師匠のところにも習いに行っているらしい。

亀之助は、顔も春町にはあまり似ていない。だが、春町に似ていないことは、義父母にとっては嬉《うれ》しいらしく、彼らはこの孫を溺愛《できあい》している。

「どれどれ？」

開いたところを見た。大きな円が描いてあり、そのなかに大きさの違う、甲、乙、丙、丁の四つの円が描いてある。問いは、

「外円径が二十寸、甲の円径が五寸のとき、丙の円径はいかほどか？」

というものだった。

――え？

見ただけでめまいがした。

「そなた、こんな難しい問をやっているのか？」

「ふつうの塾生より二歳ほど早いとは言われましたが」

「ふうむ。こんな難しい問を解いて、なにか役に立つときがあるのかね？」

「そういうものではない、と師匠がおっしゃっていました」

「では、どういうものだ？」

「算術の出来不出来で頭の良し悪しが比べられます。そうすれば、幕府が人材を求めるときの目安にもなります」

「なるほどな」

と、うなずいてみせたが、世のなかはそんな甘いものではない。頭の良し悪しより、血縁や地縁、付け届けの多さ、笑顔の爽《さわ》やかさなどのほうが、ものを言ったりする。それらは、努力とはほとんど関わりはない。

だが、そういうことは言わず、

「駄目だ。父にはわからぬ」

と、突き返した。

「そうですか。あ」

「どうした？」

「いま、閃《ひらめ》きました」

亀之助はそう言って、凄《すご》い勢いで紙になにやらごちゃごちゃと数を書き始めた。

春町はなんのことやらさっぱりわからず、ただ手元を見つめるばかりである。

「できました」

「いくつだ？」

「十二寸です。すみません。お邪魔いたしました」

「いや、なに」

とは言ったが、どうも馬鹿にされた気がする。めずらしく邸内に籠《こ》もっているこの父が、算術などできるわけがないのを見透かしたうえで、自分の能力を見せつけに来たのではないか。人は意地悪い気持ちを力にして、大人になっていく。知恵には本来、そういうよくない性質がある。

それにしても自分は、家においては父として、その役目をしっかり果たしてきたのだろうか？　父の役目を。

さらに言うと、小島藩という家においても、武士の役目を果たしてきたのか？　役目をおろそかにして、戯作などという愚にもつかぬものにうつつを抜かしてきただけのことなのか？

春町は、ますます鬱々としてきた。耐え切れず、結局、外に飲みに出ることにした。都合が悪くなると酒。思案に暮れると酒。

外に出るとすぐ目に入ってきたのは、広大な水戸藩邸。あのなかには、おけがいる。門番に頼めば、呼び出すこともできる。だが、見栄なのか意地なのか、なぜかそれができない。

迷いながら歩くうち、このあいだの河童のことが気になり出した。

——あれは、本当になんだったのか。

どんどん橋のほうに向かった。

今宵《こよい》は、河童がいた向こう岸のほうを歩いた。

ほとんどが武家地になっているが、一軒だけぽつりと質屋があった。武家が落ちぶれて、町人に買われてしまったのか。

ここらの武士が利用するほか、まっすぐ西に行けば筑土《つくど》八幡《はちまん》の門前町になっているので、そこからの客もあるだろう。

——あ、もしかして。

春町の頭に閃いたものがあった。算術の解はまったく閃かないが、こういうことはしばしば閃くのだ。

しばらくたたずんでいると、向こうから小さな影が歩いて来た。

――あいつだ。

春町は、道を曲がるふりをして隠れ、前をのぞいた。

案の定、その小さな影は、すばやく着物を脱ぐと水に入り、しばらく潜っていたが、まもなく大きな息をして、水から出て来た。

身体の大きさからして、倅《せがれ》の亀之助と同じくらいではないか。

手に持っているのは、たぶん巾着《きんちゃく》。

「やっぱりな」

と、春町はつぶやいた。

子どもの跡をつけてみた。思ったとおり、筑土八幡の門前町に来た。

ひどい長屋である。流木で建てたような骨組。草ぼうぼうの屋根。泥を乾かしたような壁。場所は崖《がけ》の下。崖がいつ崩れてくるか、いや、崖より先に屋根が崩れるかもしれない。住人は、気が気でないのではないか。

声がした。

「おっかあ。待っていてくれ。いま、そばを持って来てもらうから」

くのだろう。

「長吉《ちょうきち》、すまないね」

長吉と呼ばれたさっきの子どもは、また外に出て来た。そば屋に出前を頼みに行くのだろう。

春町は、ますます憂鬱になった。

——まったく、なんて世のなかだよ。

この世というところは、いることにいつまでも執着するようなところなのだろうか。いったい、こんなにつらい場所があっていいものだろうか。芝全交が神仏を馬鹿にするのも当然だ。強い者は馬鹿面して威張りくさり、弱い者は反抗もできずにみじめたらしく打ちひしがれる。貧困から抜け出そうとしたら、悪に手を染めるのがいちばん。

それでも幕府は、文句一つ言わずに生きろとでもいうのか。皮肉の一つも言ってはいけないのか。戯作は文句。戯作は皮肉。それが戯作の役目。戯作にも役目はあった。

ふざけながら、文句と皮肉をちらつかせる。それが痛烈であればあるほど、読者は大喝采《だいかっさい》。

六

水戸藩邸から使いが来た。おけけからの誘いだった。

芝全交も入れて、また三人で会いましょうと。二人だけではないのかと訝《いぶか》しんだ。

春町はこういうときの女の気持ちがわからない。

それも、今日。憂鬱で断わる気力もなく、春日町の甘味屋で待ち合わせ。

約束の刻限より少し早く行くと、おけけはもう来ていて、開口一番、

「倉橋さま。お顔の色が冴《さ》えないわよ」

と、心配そうに言った。

「ちっと嫌なことがあってな。ほんとは出てくる気力もなかったが、断わる気力もなかったんだ」

「白河さまのこと？」

「まあ、それもある」

「全交さんが来る前に、あたしに話せば？」

「話してどうなる？」

「慰めてあげるわよ」

慰めてもらいたい。

話そうかと思ったが、窓の向こうに芝全交がやって来るのが見えた。

「芝全交にも家があるのだろう？」

「芝に家はあるけど、芝全交さんは独り者よ」

「女に興味がない？」

「そんなことはないと思うわよ」

「なんでそう言える？　さては口説かれたな？」

「あたしが？」

「そう。そこのけおけけが芝全交に口説かれた。そういえば、あんなによくできたいい女はいないとか言ってたぞ」

「あら、そうなの」

話はそこで途切れた。芝全交が店に入って来た。

「おや、春町さん。なんか屈託がありそうですね」

「まあな」

芝全交にも見破られた。なんとわかりやすい顔なのか。

「それでは気晴らしに、夜になったら、またお化けでも見に行きますか？」

と、芝全交は言った。

「そのことも、憂鬱のタネなんだよ」

「あら、そうなの」

と、おけけが驚いた。

「正体がわかったんですね」

芝全交、さすがに勘がいい。

「ああ。行ってみるかい。うまくすると出会えるかもしれないぜ」

「行きましょう」

二人とも乗り気になった。

「では、行こうじゃないか」

頼んだ汁粉も残して、三人は外へ出た。

陽は傾きつつあるが、まだ明るい。

江戸川《えどがわ》を渡って向こうの岸へ。

「ほら、あそこに質屋があるだろう。それで、質草を入れて、金を借りたやつが出て来る」

ちょうど出て来た。お店者《たなもの》ふうの男。店の品でも質に入れ、当座の遊ぶ金でも手に入れたのか。

「あ、その後ろから子どもが来ただろう」

春町たちは、路地に入って、隠れて見守ることにした。

「あの子は長吉というんだ。見てなよ」

子どもは後ろから迫り、

「わーい、わーい」

遊びに行く途中みたいに駆け出したが、つまずいたらしく、その拍子に前を歩いていた男にぶつかった。

「え、まさか？」

おけけが目を瞠《みは》り、

「いや、いま、抜いて、捨てたぞ」

と、芝全交が言った。

「そう。河童の正体は、子どものスリ。質屋から出て来た者から、巾着とか、受け出した品をかすり取り、それをすばやく江戸川に放り込むのさ。ふつうの川なら音がするが、どんどん橋の近くだと聞こえない」

　春町が解説した。

　向こうでは、こんなやりとりがつづいた。

「このガキ、なにしやがる」

「ごめんなさい」

「あ、待て、この野郎。おれの巾着を盗っただろうが？」

「知りませんよ」

「嘘つけ」

　男は子どもの着物の下を探るが、なにも出て来ない。

「え？」

　男は途中で落としたのかと、道を引き返して行く。

「あれを夜になると取りに来るのさ」

「河童の正体はそれですか」

「やあねえ」

「町方には？」

　と、芝全交が訊いた。

「報《しら》せられない。じつは、跡をつけたんだ。長屋に行った。あんな子どもが、母親と妹を食わせているんだぞ」

「まあ」

「蔵だって、おれのところの倅と、そう違わないだろう」

「あたしの子もあんなものですよ。毎日、藩邸の庭で木登りばかりしてるわよ」

「なるほど、それでは報せられませんな」

お化けの正体など、知るものではない。

七

初めての店だが、小石川諏訪町《すわちょう》の飲み屋に入った。土間ではなく、板の間に上がるようなつくりで、客席のあいだは衝立《ついたて》で区切られている。

まだ暮れ六つ（午後六時ごろ）を過ぎたばかりで早いのか、客は春町らを入れて三組だけ。

「嫌なことはあれだけですか？」

と、芝全交が訊いた。

「そうではない。じつは、白河公から文が来た」

「ははあ」

「文面は簡単なものだった。いろいろ訊ねたいので、折を見て屋敷か千代田の城に来いと、それだけだった」

「行くのですか？」

と、芝全交が訊いた。

「迷っている」

ふた月前なら、もっと気軽に行ったかもしれない。朋誠堂喜三二がいっしょなら、なおのことだろう。だが、ぐずぐずしているうち、行きにくくなった。喜三二も、もういない。

「行けばいいじゃない」

と、おけけが気軽な調子で言った。

「え？」

「どうってことはないわよ。だって、ほんとに処罰させたかったら、藩主になにか言ってくるわよ。直接、会いたいと言って来たのは、話したいのよ、倉橋さまと」

「そうなのか？」

たはず」

「白河さまだって、あの『鸚鵡返』は嬉しくなかったかもしれない。でも、激怒はしていない。それどころか、こいつ、なかなか面白いものを書く、と内心そう思ったはず」

「だといいが」

「悪戯《いたずら》したのよ、倉橋さまは。お調子に乗ったのよ。昔みたいに。だから、謝りなさい。それで、また、悪戯したくなったらすればいいのよ。許してくれるから。昔だって、いつもそうだったじゃないの」

おけけはそう言って、春町の袖《そで》のあたりを叩《たた》いた。

ふと思い出したことがあった。十六、七のころ、世のなかになにか気に入らないことがあると、それを瓦版《かわらばん》にした。あそこの店のおやじは横柄だとか、なぜあそこに橋をかけないとか、そうした文句をいかにも瓦版らしく悲憤慷慨《こうがい》し、絵も入れた。刷るわけではないから、一枚だけの瓦版。それを貼ったりはせず、日本橋あたりの裏道にそっと撒《ま》いた。

ひそかな鬱憤晴らし。

「戯作者なんてのは、幸せになれるわけがないんだよな。こんなに我の強い、なんにでも自分の意見を言わずにいられないような人間が、この世でうまくやって幸せになれるなんてはずがないんだ。戯作者は、幸せを諦めたところから出発しないといけないんだ」

と、春町は言った。

そんな唐突な物言いにも、

「わかった、わかった。でも、まずは謝ろうね」

おけけはなだめすかすように言った。

すると、おけけの言葉を、羨《うらや》ましそうに聞いていた芝全交が、

「いや、やっぱり会ってはいけませんよ！」

と、強い口調で言った。

「え？」

「会ったらかならず取り込まれて、いいようにされてしまいますよ。為政者というのは、皆、そうなんだ。謝らないのはとっちめる。謝るやつは取り込む。そのうち、仲間を売るようなことになりますよ」

「倉橋さまがそんなこと、するわけないわよ」

「いいえ、人というのは、お上に脅されたら脆《もろ》いものなんです。わたしはこれ以上、おけけさんの話も聞きたくない。帰ります」

芝全交は、怒って帰ってしまった。では、どうしたらいいのかという意見はないままである。

後ろ姿を見送って、春町は言った。

「芝さんは、妬《や》いたのさ」

八

二人はまだ飲み屋に残って飲んでいる。

おけけは、たくさんは飲まないが、春町に付き合う程度には杯を傾けた。

「舟の上のこと、覚えてる?」

と、春町は訊いた。

「覚えてるわよ」

「そうだよな」

春町はにんまりした。

赤坂《あかさか》の溜池《ためいけ》。陽は落ち、あたりはうっすらと月明かり。

「でも、なんで、あそこに二人でいたのかしら?」

「おれが用事で外に出たおけけの跡をつけたんだよ」

「そうだったのね」

「舫《もや》ってあった舟の上に仔猫《こねこ》がいた」

「そうだったよね。それで、あたしが倉橋さまに助けてやってって頼んだよね」

「ああ。おれは舟に乗り込んで、助けようとしたが、舟板の下のほうに潜り込んで出てこなくなった。それで、おけけも舟に乗って来た」

「そしたら、舟の舫いが外れたのよね」

「おけけが舫いをといたんだろうが」

「違うわよ。自然に外れたの」

「おれはわざとといたのかと思ってた」

「だから、あんなに図々《ずうずう》しいことを言ったの？」

「図々しいこと？」

舟が岸を離れ、溜池のなかほどへと滑り出した。

溜池の真ん中は蓮《はす》が生い茂っていた。たくさんの花の蕾《つぼみ》が、子どもたちがうなずくみたいに揺れていた。夜が明ければ、不忍池《しのばずのいけ》より見事だという人もいるくらいの花の景色になるのだ。

「まずい、どんどん流されちまう」

と、春町は焦った。舟から身を乗り出し、手で水をかきわけるが、それでももどっているようには思えない。

だが、おけけは落ち着いたものだった。

「流されたりなんかするわけがないわよ」

「そうか？」

「風向きが変われば、また、岸にもどされるよ」

「じゃあ、それまでここにいるか」

夜空は八割方晴れていた。だが、風があって、雲が流れていた。

あれから二十七年。川のように流れた月日。

「あのとき、倉橋さまは、見せてくれって言ったのよ。誰もいないから、いいだろうって。見せてくれとか言う？」

「なにを？」

「知らないわ」

「見せてくれとねえ」

思わずにんまりしてしまう。われながらよくぞ言ったものである。

「あのとき、鼻血出したよね」

「え、出したか？」

「覚えてないのね」

出したかもしれない。言われてみると。

「でも、おれ、男と女のことなんかやれたのかな？」

「できたわよ」

春町は十九だった。そっちのほうは晩稲《おくて》だった。おけけは十六だった。十六の娘は、充分色っぽかった。

「つづき、やるか？　三十年ぶりに、つづきを？」

「本気？」

春町は悪戯めかして言った。

おけけは目を瞠って訊いた。

「ああ」

「どこで？」

「牛天神《うしてんじん》の下に出会い茶屋があったはず」

「いいわよ」

なんと、文字ばかりつづいた二十七丁目をめくったら、艶《つや》やかな錦絵が待っていた。

二人はいそいそと、小走りに出会い茶屋へ向かった。くすくす笑いながら、床に入った。

睦《むつ》み合いは心地よかった。互いのさまざまなところを、探り合い、撫で合い、舐《な》め合いもした。猫にでもなったように、からみ合い、もつれ合った。吉原のおわきとするより気持ちがよかった。こんなにいいものなら、ずっと前から、二人でこうしたかった。親に懇願していっしょにさせてもらうか、駄目ならあの藩邸から逐電でもすればよかった。そうしていたら、ずうっとこんな気持ちのいい夜がつづいていたに違いなかった。

「幼馴染はいいものだな」

春町は囁《ささや》いた。

「ほんとね。大人同士なのに、子ども同士みたい」

おけけが春町の耳を舐めながら言った。

二人はたっぷり、お互いの身体を堪能《たんのう》した。

九

それから三度会い、三度とも睦み合った。

四度目のとき、

「倉橋さまはあのころのまんま。ちっとも変わっていない」

と、おけけは言った。

「そうかね」

「ねえ、倉橋さま。あたし、着物を縫ってきたの」

「着物？」

「倉橋さまが白河さまにお会いするとき、着て行く着物」

「え？」

「着てみて」

おけけは、風呂敷包みを開け、着物と裃《かみしも》を取り出した。

薄い青色の着物に、紺色の小紋の肩衣《かたぎぬ》と袴《はかま》。

「田安家の作法もちらっと聞いといたわ。これで大丈夫。はよ、着てみて」

「ん、わかった」

おけけに促され、手伝ってもらいながら着てみた。

「ああ、ええよぉ。とってもええ」

「ちょっとぶかぶかじゃないか？」

「わざとそうしたの。そのほうが情けなく見えるから。変に堂々と、毅然《きぜん》としているより、ちょっと情けなく見えるくらいのほうが、ああいう方は相手に寛容なの。うちはそういう人、仰山見てきたからわかるんよ」

おけけの言葉遣いが、上方ふうになっている。

「おけけ。お前の話し方、変だぞ」

「あ、亡くなったうちの人が、京から来てはったから、感染《うつ》ってしもうたんよ。気にせんといて」

気にしないわけがない。

――わざとしているのだ。

この女は、こういう芝居がかったことを照れずにやれる女だった。上方の言葉のほうが、耳にやさしく聞こえ、男を慰めることもわかっているのだ。芝居とわかっても、その小芝居を男が喜ぶことも見透かしているのだ。

「そんなことより、いい？　こんなふうに、ぶかぶかの裃で白河さまの前に出るのよ。そうしたら、かならず許してもらえるから。倉橋さまは悪戯っ子だったのに、周囲にはあまり憎まれなかったのは、そういうところがあったからよ。生意気だけど、情けなくて可愛いって。あのころ、うちの友だちもみんな、そう言ってたんよ」

「そうなのか」

これはおけけの世辞かもしれない。だが、耳にはひどく心地よい。たしかに春町は慰められている。

「ええ、人柄やもの、倉橋さまは。威張りくさったりせえへんし、皮肉言うけど、底のところはやさしいし、それは戯作にもよう表われとる。白河さまも、それはぜったい、感じ取ってくれはるわ」

「……」

春町は黙った。それから長い沈黙。

また一つ、思い出したことがあった。

紀州藩邸の近くにあった本屋の小僧――春町と同年代の賢そうな少年だった――が、おけけを熱っぽい目で見つめているのに気がついた。十四、五のころ。春町はその小僧にこう言ったのだ。

「おい、あの娘は武士の娘だぞ。お前、町人だろう。懸想なんかするんじゃないぞ」

そのときの、尊大な口調まで思い出した。

戯作者と言いつつ、じっさいは武士として生きて来た。国許に行けば、百姓たちに頭を下げられながら、稲の実り具合を検分し、狂歌の会合に出れば、年上の豪商が丁重に接してくれた。

それもこれも、腰に差した二本の刀のおかげ。さんざん甘い汁を吸ってきて、いまさら戯作者づらはない。後ろめたさ半分、だが、知らずに積み重ねてきた誇りも半分。

すると、強い感情が、突如としてむくむくと湧き上がってきた。自分でも驚いたほどだった。

「おれは武士だぞ！」

と、春町は言った。

「え？」

おけけが目を丸くして春町を見つめた。

「いいも悪いもない。おれは武士だ。武士として生きてきたのだから、これまでのことも武士として責任を取らなければならない」

「まあ」

春町は自分に言い聞かせるように言った。

「おけけ。その着物も裃ももらわない。お前とはもう会わない」


その翌日——。

寛政元年（一七八九）四月二十四日、恋川春町は、突如として藩主に隠居願いを提出した。藩主もいろいろ考えるのは面倒なのでこれを受理。後任の年寄本役は、亀之助にはまだ無理なので、義父が再任された。

恋川春町は、まず藩士としても責任ある立場から降り、これからの戦いを始めるつもりだった。

第五章　前妻のおまた

一

「倉橋さまに御用だそうで」

と、門番が伝えて来たのに、春町はドキリとし、書こうとしていた文章がただの棒になった。白河公の催促か。

呼び出しの文が来て、もう半月近い。だが、まだ訪ねていない。迷っているのだ。迷いは深くなる一方なのだ。

だいたいあの呼び出しも、いっと日にちを指定していない。ああいう呼び出しはないだろう。「おりを見て」などと言われても、機織りじゃないんだから、おりなんかなかなかやって来ない。

だが、来られたら行かざるを得ない。いっそのこと、腹を切りながら門のところに出て行こうか。

「いま、ちょうど刺したところで」

とか言いながら。

恐る恐る玄関から門のあたりを見ると、なんだか見覚えのある男。恰好《かっこう》からして
どこかの中間だろうが、白河公の使いではない。はて、誰だったか。

出て行って、

「なんだ、なに用だ？」

虚勢を張って偉そうに訊《き》いた。

「おまたさまが……」

前妻の名である。そうだ、おまたの実家がある沼津《ぬまづ》藩中屋敷の中間だった。名は
たしか松吉《まつきち》。以前は、おまたの実家からの届け物を持って来てくれたり、何度も顔
を合わせていた。

「おまたがどうかしたのか？」

「倒れられて」

「死んだのか？」

「いえ、息はありますが、ぼんやりしていて」

中風の発作でもあったのか。まだそんな歳でもなかろうに。

「ずっと具合でも悪かったのか？」

「いいえ、まったくお変わりなく、お元気でしたよ」

「ふうむ」

丈夫で、風邪すら引いたことがないという女だった。

春町の義理の父母と折り合いが悪く離縁した。妙な未練はないが、亀之助の実母である。知らぬ顔はできまい。

「見舞おう」

と、春町は言った。

「亀之助さまには？」

むしろそっちに伝えて欲しいのだろう。

「おれがようすを見てからにしよう」

勝手に会わせたりしたら、義父母が気を悪くするかもしれない。

おまたは、小島藩とも近い駿河国の沼津藩の、江戸詰め用人の娘だった。江戸表の藩の重役同士というのは、なにかと付き合いがある。春町の義父とおまたの実父もそうした仲で、縁組の話も自然と出たらしい。

であれば、おまたの人柄ももう少しわかっていただろうに、いざ嫁に入ると、すぐに不仲になった。「子ができればよくなる」という声もあったが、亀之助が生まれてますます険悪になった。春町が見るに、義父母もおまたも、折れるということを知らない。加えて、どちらも底意地の悪いところがある。これという理由もないうちに、互いを見る表情が険しくなっていた。

離縁後、おまたは父母のいる実家の沼津藩中屋敷にもどっている。

中屋敷は浜町《はまちょう》にあり、道々、中間から話を聞こうと、急いで支度をした。

出るとき、玄関口で藩主の松平信義とすれ違った。隠居願いを出してから、なんとなく気まずい雰囲気がある。

藩主は、春町から目を逸《そ》らしたまま、

「やっぱり力士を育てるぞ」

と、言った。

「はあ」

どうも力士を抱えることに反対したのは、春町だと思っていたらしい。春町は、国許《くにもと》の家老から猛反対されて、藩主をなだめただけである。とんだとばっちり。

――そもそも、おれはとばっちりを受けやすいのだ。

松平定信の召喚も、その一つかもしれない。

藩主はともかく、家族一同は、以来、なんとなく腫物《はれもの》に触るみたいな態度。ただ義父だけは、ひさしぶりの必要とされる立場に、文句を言いながらも、生き生きしている。孫のためと思えるのも嬉《うれ》しいらしい。

「なあ、松吉」

「松蔵《まつぞう》です」

「あ、松蔵だったか。すまん、すまん。ところで、おれに報《しら》せろとは、誰が言ったんだ？」

歩きながら、春町は訊いた。

「権藤《ごんどう》さまが伝えろと」

権藤というのは、中屋敷の用人をしているおまたの実父である。春町の義父よりはお人好《ひとよ》しのような気がする。

「報せる義理があるかね？」

「さあ」

「だが、報されてしまったら、手ぶらというわけにはいかぬな」

「そうですかね」

「何も持って行かなかったら、必ず何か言うさ。倉橋は気が利かないって」

そういうのはけっこう気にする。われながら、肝が小さい。

「杉森稲荷《すぎのもりいなり》のところに卵屋があったよな」

「あれ、つぶれましたよ」

「そうだっけ」

「富沢町の通りにはありますが」

「そこで卵を買って行こう。病人の滋養強壮にいいからな」

内神田から日本橋北の町並に入ったころ、

――ん？

誰かにつけられている気がした。やはり密偵がついているのか。

「松蔵、さりげなく後ろを見てくれ」

「はあ」

「後から来ている者はいるか？」

「いっぱいいますよ」

「いっぱいいるのかよ」

「いい女もいます」

「いい女ねえ」

女を見るふりをして振り向いた。ほんとにいっぱいいた。気配も感じるわけである。八十人。いや、百人くらい。前方には、あまり人はいないのに、どうして後ろにはこんなに人がいるのか。これでは怪しいやつなどわからない。

二

さっきの人通りは、堺町《さかいちょう》の芝居小屋のほうへ行く流れだったらしい。なんでも夕方から始まる小芝居が、娘たちのあいだで大人気になっているのだという。見舞いの卵を買い、浜町の沼津藩中屋敷に入った。

春町の見舞いに、用人でおまたの実父である権藤文蔵《ぶんぞう》が、

「これは、恐縮千万」

と、頭を下げた。

「いかがです？」

「頭を打ったらしくてな。それがどの程度の打ち身なのか、医者にもよくわからぬらしい」

そう言いながら、奥の部屋に通された。

おまたが布団に寝ていた。頭に濡《ぬ》れた手ぬぐいが載っている。風邪で寝ついているようにも見える。

わきにおまたの実母のおすじがいて、気まずそうな顔で頭を下げた。

「なにをしていて倒れたので？」

と、春町が訊くと、

「それがな……」

権藤はひどく言いにくそうな顔をし、

「五尺ほどもある高下駄を履いて歩いていて倒れた」

と、言った。

「なんですか、それは？」

「人形町にある老舗の下駄屋が、宣伝を兼ねて吉原の売れっ子花魁《おいらん》のためにつくったらしいのだが、高過ぎて誰も履けない。それを借りてきて、稽古《けいこ》をしているうち、ひっくり返ったのだ。恥ずかしい次第でな」

「それはまた……」

聞いて呆《あき》れた。子どものすることだろう。

「これだもの、倉橋の家を叩《たた》き出されるわけだわな」

「いいえ」

と、首を横に振ったが、なんとも言い難《にく》い。

だが、おまたがやりそうなことではある。

もともと突飛な女だった。春町の目に、最初はそれが面白く映った。

笑うのが好きで、戯作《げさく》や狂歌もよく読んでいて、

「大田南畝がいちばん」

と、言っていた。

明るいときは、いかにも陽気そうなのである。ところが、いったんなにかで臍《へそ》を曲げたときの怒りようは凄《すさ》まじく、うって変わって陰険な態度になる。春町の義父母にも、漆《うるし》の液が入った湯に浸からせたり、腐った卵を食わせたりした。もっとも、義父母のほうも、それに近いことはしている。

「自業自得だ」

と、権藤は言った。

「まあ、でも、われわれのたいがいのことが自業自得ですし」

と、春町は言った。じっさい、そうなのだと思う。世のなかには理不尽なひどい

目もあるだろうが、少なくともこれまでの春町は自業自得。

「そういえば、そなたも大変らしいな」

「……」

「いろいろ噂は聞いている」

「どのような？」

「白河公が老中筆頭になって、戯作者への風当たりは厳しくなった。なかんずく『鸚鵡返文武二道』には、大いに眉《まゆ》を顰《ひそ》められた。だが、あの『鸚鵡返』の作、というか恋川春町名義の戯作は、じつは小島藩主の松平信義さまが書いているらしいな」

権藤は真面目な顔で言った。

「そんな馬鹿な」

春町は思わずそう言った。

「違うのか？」

「違いますよ」

あの殿に、戯作など書けるわけがない。

「そうなのか」

「そんな噂が本当にあるので？」

か。

「なんと」

どこで、どう、そんな噂が出たのか。小石川春日町由来の筆名というところから

に来たのだ。

であれば、白河公の耳にも入っているかもしれないが、召喚の文は春町のところ

「わしも聞いた」

——まずいな。

と、春町は危惧《きぐ》した。家臣が藩主の立場を危うくさせたわけである。くだらぬも

のを書いて、藩主に恥をかかせて、という非難が成り立ってしまう。

どう言い訳しようか迷っているところに、おまたを診ているという医者が来た。

顔見知りの藩医らしい。

「まだ、眠っていましてな」

「そうですか。もう、目を覚ましているだろうと思ってきたのですが」

医者はそう言って、おまたの瞼《まぶた》をめくったり、脈を採ったりした。

「落ちたきっかけで、中風を発症したというようなことは？」

と、権藤が訊いた。

「いや、ただの打ち身だと思います。いびきもかいてないですし、中風を併発したということはないでしょう」

医者が言った。

「息を吹き返さないのは？」

「ううむ。わかりませんな」

このやりとりをわきで聞きながら、おまたはもしかして、ほんとは息を吹き返しているのに、しらばくれているのかもしれない——と、春町は思った。

じっさい、おまたはそういうことをする女だった。

三

「また来ます」と言って、春町は沼津藩中屋敷を出た。

来るときは中間の松蔵がいっしょだったが、帰りは一人だけ。

すでに陽はかなり落ちかけていて、浜町堀の川面《かわも》は、うっすらと青い影を漂わせていた。来るときの人通りは、すっかり消え失《う》せている。

やけに心細い。武士が商いの一種なら、一人でやれるものではない。寂しすぎるし、危険すぎる。

背中がぞくぞくする。少し風邪っぽいのかもしれない。

さっさと藩邸にもどろうと、足を速めた。

その足が止まった。

――なんだ、あれは？

浜町堀の川面に目が行った。堀に白い紙が流れていた。それは薄闇のなかでやけに目立っていた。

ふと閃《ひらめ》いた。

白。川。白河。白河公が見ているということか。どこかに密偵が潜んでいるのか。

背筋がぞっとした。

もしかして、このところときおり感じる気配は、密偵などではなく、刺客ではないのか。

――そうだ。暗殺という手もあるのだ。

なぜ、そこに気づかなかったのだろう。殺してしまえば、余計なことは言われずに済む。為政者にしたら、いちばん都合のいい始末のつけ方なのだ。

ふいに物陰から人が駆け出して来て、白刃を翻す姿が目に浮かんだ。春町は腹を

ぱっくりと斬り裂かれ、

「な、なにをするのだ」

呻《うめ》きながらたたらを踏んで、浜町堀にどぼん……。


小伝馬町にある大きな武具屋に来た。江戸では一、二を争うくらいで、ここで揃わぬ武具はない。

「鎖帷子《くさりかたびら》を贖《あがな》いたい」

と、春町は手代に言った。

「鎖帷子？」

「ないのか？」

「もちろんございますとも。町方のお役人さまで？」

「うむ、まあ、そんなところか」

手代はいったん奥に引っ込むと、三種類ほどの鎖帷子を出して来た。

「これは、赤穂《あこう》浪士が着込んでいたものと、ほぼ同じものです」

と、筒袖《つつそで》の下着らしきものを手渡した。

持ってみると、思ったより軽い。これなら、ふだん着ていても、疲れることはないだろう。

「これはよさそうだな」

「ご承知のように、浪士側もずいぶん斬られたはずですが、誰一人、亡くなった方はおられません。それは、この鎖帷子を着ていたおかげです」

「なるほど」

「これを着ていれば、刀傷で亡くなるというのは、まずないでしょう」

手代は、着ていて斬りつけられたことがあるようなことを言った。

だが、まんざら嘘でもないだろう。

暗殺のことを思ったら、恐怖がこみ上げてきた。

むろん、今日からは剣の稽古もするつもりだが、いまさらたいして上達などするわけがない。それよりは、鎖帷子を着込み、刃《やいば》を防ぐほうが確実だろう。

暗殺は成功すれば都合のいい話だが、失敗し、しかも襲った側の身元がわかったりしたら、今度はいっきに相手が不利益を被ることになる。満天下に恥をさらし、地位も危うくなるはずである。なんといっても卑怯《ひきょう》な手段なのだ。

斬りかかられても、撃退しようなどとは思うまい。相手に失敗させればいいのだ。

そうすることで、白河公は二度と手出しできなくなる。

「着てみては？」

「そうだな」

手代の勧めで、じっさいつけてみた。

「どうです？」

「うむ。まるで苦にならぬな」

「そうでございましょう」

「音はするか？」

身体をひねったりして訊いた。がしゃがしゃ音がしたら、みっともない。

「いいえ、まったく」

「よし、これをくれ」

「かしこまりました。お包みしましょうか？」

「よい。着て帰る」

少し心強くなっている。

四

翌日——。

鎖帷子を着込んで、春町は蔦屋にやって来た。

「暗殺？」

蔦屋が目を丸くした。

「充分、ありえると思う。あの白河公のすることだ」

「はあ」

蔦屋は半信半疑といった表情。

「おれは怯《おび》えているのではないぞ。むしろ、白河公が驚くくらいの、もっときついものを書くつもりになっている」

「それは心強いですな」

「そなた、馬場文耕の作を、なにか持っているか？」

「もちろんです」

「貸してくれ」

「では、とりあえず一冊。くれぐれもお気をつけて」

盗みの相談でもするような目をした。

「わかっている」

書名は『当時珍説要秘録《とうじちんせつようひろく》』。読むのは初めてである。さすがに蔦屋は、全著作を集めているのだろう。

藩邸には持ち帰らず、鎌倉河岸界隈《かいわい》の甘味屋を渡り歩きながら、『当時珍説要秘録』をいっきに読んだ。

面白かった。感心した。よくもここまで書いたものである。

直接、咎《とが》めの理由になったのは、一揆《いっき》の顚末《てんまつ》について、あからさまに事実を書いたためらしい。これには、一揆のことは書いていないが、危うい記述はずいぶんとあった。

いきなり将軍の裏話から始まるのだ。

当時の将軍、家重《いえしげ》公は、女と酒にどっぷり浸っている。大奥へ入ればひたすら女中たちに相手をさせ、酒宴ばかりで、これが病気のもとになったのだと。

先代の吉宗《よしむね》公のころは、息子の家重公を案じて鷹狩りへ連れて行き、女から離れられるよう、気を配られたが、いまはそれもなくなり、ひたすら女と酒。

あげく、朝の目覚めは遅く、身体は疲れ切り、呂律《ろれつ》も満足に回らない。なにをしゃべっているかわからないので、言葉の名代として大岡出雲守《おおおかいずものかみ》が上意を伝える始末。

病が進むにつれ、小便の回数がやたらと増え、出かけるのにも支障をきたす。なにせ、尿意がしばしばだから、駕籠《かご》にも乗っていられない。正月に、上野の寛永寺《かんえいじ》に先祖のお参りに行かれた際は、黒門を出たところで尿意を催し、慌てて引き返した。将軍の駕籠が途中で引き返すというのは、前代未聞。

こんな家重公だから、正室側室の方々も可哀そうだった。家治《いえはる》公のご生母のお幸《こう》の方は、お部屋さまとなられて西の丸大奥に入ったが、家重公はほかの女中と遊ぶのに忙しく、見向きもしなくなった。お幸の方は貞女の鑑《かがみ》のような人だから、家重公にもご意見なさったが、家重公のほうはそれを嫌がり、ついには二の丸に押し込めて、いっさい会おうともしなくなった。

こういった調子で、将軍から大奥の内輪のことまで、赤裸々に語っている。その筆は、全国の大名やその奥方、娘たちにも及んでいるのだ。

ただ、この本には、悪口ばかりが書かれているのではない。現に将軍のことでも、家重公の後嗣である家治公のことは、幼時からきわめて思慮深かったという逸話を紹介している。

つまり、馬場文耕は千代田の城の内情や、藩内のことも詳しく調べ、事実を書いているのだ。その取材力に感心する。

馬場文耕が選んだ方法は、真っ向からの批判。真実を突きつける。

だが、春町はこれから先もその方法を取るつもりはない。よく似た設定にしておいて、とことん皮肉り、からかい、嘲笑《あざわら》ってやる。それでこそ戯作だろう。立派な文芸とは言えないかもしれないが、むしろ世の人々は、秘密めかした書きようになおさら溜飲《りゅういん》を下げることができるのではないか。

馬場文耕の『当時珍説要秘録』は、読み終えるとすぐに蔦屋に返した。

それから家に帰ると、春町は自分の著作を一揃い取り出し、膝《ひざ》の前に置いた。

馬場文耕の著作は、死後三十年経っても、まだ読みたいという者がいる。この先、五十年、いや百年経っても読みつづけられるだろう。

——だが、おれの戯作は……。

せめて数人でもいいから、五十年後、百年後に読んでもらいたい。くだらぬ作とはわかっているが、それでも一生懸命書いたのである。暇なやつが釣り糸を垂らしている合間にも、ああでもないこうでもないと、脂汗を流したのである。

——どうしたら、読んでもらえる？

このまま家に放っておけば、日焼けし、紙魚《しみ》に食われ、ぼろぼろになって朽ちていく。家宝扱いできるようなものでもない。

——そうだ。

春町は、著作の束を持って外に出た。

それから町内の出世稲荷に向かった。神社に奉納しようと思ったのだ。

ああいうところなら、本殿の押し入れなどに大切に保存され、やがて五十年後、百年後に、見つけた神主あたりが読んでくれるかもしれない。

ちょうど神主がいた。

「じつは相談がある」

「なんでしょう？」

「これはわたしの著作なのだが、当社に奉納したい」

「これを？」

神主は、汚らわしいものでも見るように、春町の著作の束を見た。

「むろん玉串料《たまぐし》は払う」

「しかし、こうしたものは」

「この町に住む者だぞ。その著作を土地の神さまが保存して、なにがおかしい？」

「いや、困りますな。これはお持ち帰りいただきたい」

「なんと」

困るときた。楽しませるために書いたものが、神に仕える者を困らせている。

「申し訳ないですが」

「わかった」

春町、納得いかない気持ちが半分と、あと半分で情けない。

五

沼津藩の中屋敷に、おまたの二度目の見舞いに来た。生きたのか、死んだのか、やはり気になる。

おまたはすっかり元気になっていた。布団に起き上がって、茶を飲み、菓子など食べていた。それどころか、亀之助が見舞いに来ていた。

「なんで、お前が？」

「はい。こちらから正式にお報せが来たもので」

「そうなのか」

春町が憮然《ぶぜん》とすると、

「いちおうあたしは生母ですので」

と、おまたが言った。

亀之助は緊張するどころか、くつろいでいた。義理の母に対する表情とは、まるで違っていた。おまたが家を出たのは、亀之助がまだ四つのときで、ほとんど覚えはないはずである。

もしかしたら、春町の知らないところで、ときおり会ったりしているのではないか。こんな突飛な母親でも、産みの母に対する思いは、やはり特別なものがあるのか。

「隠居なさったんですってね？」

と、おまたが言った。

「ああ、話したのか」

亀之助を見て、言った。できれば話してもらいたくなかった。

「少しは亀之助の将来を考えて行動なさいませ」

おまたは説教口調で春町に言った。

「なんだと」

「お前さまは軽率なところがおありだから」

「お前に言われたくないぞ」

「あら」

「なんだ、いい歳をして、五尺もある高下駄を履いて、転んだのだろうが」

とは言ったが、もしかしたらそれも、亀之助に会いたいがための芝居だったかもしれない。

「高いところから、世のなかを見るのは大事なことですわよ」

「屁理屈《へりくつ》を言うな」

「屁理屈じゃなくて。戯作は低いところから世のなかを見ますよね」

「え？」

「でも、戯作は町人のすること。武士はうんと高見から眺めて、人々のよき道を見つけねばなりますまい」

「お前と戯作について議論する気はない」

「あら、そう」

おまたは、議論に勝ち誇ったようににやりとした。じっさい、この女は、こういうときになると、やけに弁が立つのだ。そういえば、女のくせに算法の才があると聞いたことがあった。亀之助の才も、おまたゆずりだったのか。

「亀之助、帰るぞ」

と、春町はむかむかして立ち上がった。

「え」

亀之助は不満げな顔をした。

「亀之助はまだ話すことがあるのですよ」

「そうか。では、おれは先に帰る。もう、なにがあっても見舞いになど来ぬからな」

「けっこうですわ。お前さまより、大田さまにお会いしたかったし」

おまたはそっぽを向いたまま言った。

「大田?」

「寝惚先生よ」

意外な名が飛び出した。

「お前は、大田南畝を知っているのか?」

大田南畝は、狂歌仲間の座長のような存在だが、武士の格で言ったら、春町のほうがずっと上である。いちおう幕臣とはいえ、大田南畝こと直次郎《なおじろう》は、わずか七十俵五人扶持《ぶち》の下級武士に過ぎないのだ。だが、狂歌集の読者あたりは、大田はけっこう偉い旗本で、春町などは頭が上がらないと思っている者も多いらしい。それもこれも、大田の頭領めかした書きようのせいだろう。

「ええ。存じ上げていますわよ」

おまたは自慢げにうなずいた。

どう考えても、おまたに大田とのつながりなどあったはずがない。

「いったい、どういう関係だ？」

春町は驚き、怒ったようにおまたを問い詰めた。

六

「まったく、あの女ときたら！」

春町は、沼津藩の中屋敷を出るとすぐ、後ろを振り返って毒づいた。

結局、おまたは大田南畝との関係について、春町にはなにも話さなかった。「あたしのことだから、お前さまに話す必要はない」とのこと。昔とちっとも変わっていない、身勝手極まりないものの言いようである。

春町はムッとして、大田南畝の悪口をぶちまけてしまった。

「大田南畝をたいそう買っているようだがな、あいつは過大評価の筆頭だぞ」

春町がそう言うと、

「おや、まあ」

おまたはからかうように、目を丸くして笑った。

「あいつは、黄表紙が売れ出したら、偉そうに黄表紙評判記などを書いて、おれたちの作をいいの悪いのとぬかしたんだ。しかも、山東京伝なんぞという軽薄なやつの才能を激賞し、いかにも自分は一枚上手の人間みたいな立場をつくりやがった」

「要は、ひがんでるのね」

「ひがむもんか。あいつだって、かなりの黄表紙を書いているんだぞ。たとえば、『種風《たねかぜ》小野《おの》之助《のすけ》拳角力《けんずもう》』『此奴和日本《こいつはにっぽん》』『梶原再見二度《かじわらさいけんにど》の賭《かけ》』『返々目出鯛春参《かさねがさねめでたいはるまいり》』『料《りよう》理献立頂天天口有《りこんだてあたまてんてんにくちあり》』『年始御礼帳《ねんしおんれいちょう》』『八重《やえ》山吹色都《やまぶきいろのみやこ》』……」

指を折りながら、題名を並べ立てた。

「よく覚えていますこと」

「どれか一つでも売れたのがあるか。ないだろう。あいつの才能はその程度だ」

「でも、『万載狂歌集』は、大売れでしょうが」

それは嘘ではない。天明三年（一七八三）の正月に、大手の版元である〈須原屋〉から出した十七巻二冊の『万載狂歌集』は売れに売れ、江戸で空前の狂歌熱を巻き起こした。七百余首を『千載和歌集』にならい、四季、離別、羇旅《きりょ》、哀傷、賀、恋、雑、雑体、釈教、神祇《じんぎ》の部立で分類していた。撰者《せんじゃ》は四方赤良、じつは大田南畝。

「あれも、あいつの手妻だろうが。大勢の狂歌仲間の手柄を一人占めして、さもおのれが狂歌界の大立者みたいな立場をつくったのだ」

「自然とそうなったのでは？」

「馬鹿言ってんじゃないぞ。おれは、あのときのなりゆきを皆、知っているのだ。あのとき狂歌で面白いことをやろうと言い出したのは、唐衣橘洲だった。大田は誘われて入ったくせに、橘洲と気が合わないものだから、おのれの仲間をつくり直したんだ」

「お前さまだって、大田さまのほうに入ったじゃないですか」

「別におれはどっちだってかまわなかった。黄表紙で大忙しだったんだからな。それで大田は、橘洲が編んだ『狂歌若葉集《きょうかわかばしゅう》』を〈近江屋《おうみや》〉から出すと聞いて、慌てて須原屋に話し、『万載狂歌集』を編み、おのれを撰者にしたのだ」

だが、まとめ方などで『万載』のほうに工夫があり、世間の評価も圧倒的に『万載』優位だった。

「あいつは、人の力を利用したり、唐土の詩文のいいところを取り入れたりするのがうまく、それでハッタリをかますんだ。だが、あいつの才は、単なる駄洒落《だじゃれ》上手程度だというのは、狂歌を見たらわかるだろうが」

「ま、それは後世の判断すること。お前さまの黄表紙と、大田さまの狂歌と、どっちが評価されるか見てみたいわ」

「う」

嫌なことを言う。黄表紙なんか後世まで残るわけがない。庭のどこかに埋めた金魚の墓のように、早々と忘れ去られるだろう。狂歌は和歌という古来の伝統に乗っかっている。ああいうもののほうが残りやすい。

しかも、自信たっぷりに、

「だいたい、お前さまはあたしと別れたことから、運が傾き始めたのよ」

と、ぬかすおまたの図々《ずうずう》しさ。

「ふざけるな。お前が嫁に来る五年前におれは『金々先生』を書いたんだ。しかも、お前がおれのところにいたのは、ほんの三、四年だけだろうが」

「そうそう読んだわよ。お前さまの、後妻をもらった喜びの歌」

「なんだ、それは？」

「ほら、『後万載集』に載せたではないですか」

「ああ、あれか」

それは、こんな狂歌。「喜三二のなかだちにて妻を迎えければ」という前言があって、

婚礼も作者の世話で出来ぬるはこれ草本のゑにしなるらん

絵と縁《えにし》をかけただけの歌で、単なる駄洒落。うまくもなんともないし、大田の歌を非難できない。

「別に喜んでなどいないだろうが」

「そうですかしら。あたし、こんなに喜ぶなんて、どんな人なんだろうって、見に行ってしまいました」

「藩邸に来たのか？」

「なかには入りませんよ。下男の丑吉に頼んでうまく門の外に連れ出してもらって」

「本当にこの女は、なにをやらかすかわからない。不気味なやつ。見に行くのは当たり前じゃないですか」

「お前ってやつは」

「だって、大事な亀之助を育ててもらっているのですよ。見に行くのは当たり前じゃないですか」

文句を言うほうがおかしいという態度で、

「ああいう人がいいのね」

「なにがだ」

「お澄ましちゃって、味のない澄まし汁みたい」

七

陽は落ちかけていた。春町は、むかむかしながら浜町堀沿いの道を歩いている。左の緑橋《みどりばし》を渡れば通油町。その橋のたもとにちらりと目をやると、

「えっ」

恐怖で背中が凍りつく思いがした。

そこにあったのは、大きな黒塗りの駕籠。前に下がった提灯《ちょうちん》の家紋は、星梅鉢。

白河公。松平定信。

──つけられていたのか。

そっと腹に手を当てた。鎖帷子は、大丈夫、ちゃんとつけている。

あのなかからおれを見ているに違いない。

春町はまだ、召喚への返事を出していない。

迷いは単純。行くか、行かないか。返事の文を出すべきか、無視するべきか。返事をしないというのは許されないことだろう。白河公は立腹され、あげく仕返しを講じてくる。

殺されてたまるか。

──権力はなんと重いのか。

と春町は思った。誰もそれとは戦えないのか。

いや、違う。戯作者は戦える。言葉という武器を駆使して、あの手この手でからかい、嘲笑い、あいつらの下種《げす》な心根や、頭の悪さ、おのれを守ろうとするいじましさ、そういった諸々《もろもろ》を、あぶり出すことができるのだ。

「それは卑怯じゃないか？」

そういう声が頭のなかでした。

「卑怯だと？　馬鹿言っちゃいけない。戯作者の卑怯は、戯作を書かないことだ。それしかない。いったんこの道に入ったものは、死ぬまで戯作を書きつづけなければならない。書いて、書いて、書きまくらないといけない」

そう口に出して言った。

すると今度は、

「でも、お前さまだって武士でしょうが」

というおまたの声がした。

「ああ、武士だとも。だが、戯作者でもある」

「武士と戯作者とどこが違うんでしたっけ？」

頭のなかでおまたが大声で訊いた。

「大違いだ。武士は恥を穢《けが》れとする。だが、恥をかくことこそ戯作者の誇り」

春町はきっぱりと言った。

「あの戯作のなかで笑い者になっているお侍と、恋川さまは違うんですか？」

今度はおつらの声も重なった。

「まさにいっしょだよ。だから、いっしょに自分も笑っているんだよ」

「でも、給米はもらっているんですよね」

「それを言うな、それを」

春町は苦笑いしながら、右手をかざすようにした。

――ん？

あたりが翳《かげ》り始めている。今日は夕陽の金茜色《きんせんしょく》ではなく、薄青い水底《みなそこ》のような大気に包まれている。

すると、奇妙なことが起きた。

白河公の豪華な黒塗りの駕籠が、うっすらと粉でもふいたみたいに、白くなってきたのである。粉ははらはらと、周囲にも飛びかい出している。いったい、どういう仕掛けなのだ。白く輝く駕籠。白河公は白馬ならぬ白駕籠に乗るってか。

もしかしたら、白河公の駕籠は蝶々《ちょうちょう》や蛾《が》の羽でも貼りつけられているのではないか。玉虫の厨子《ずし》ならぬ蝶々の駕籠。権力者は自らを気高く見せようとして、しばしばそうした馬鹿げた真似をする。

「書いてやるぞ」

と、春町は脅すように言った。大きな声ではない。

「おれはいまから蔦屋と打ち合わせをするのだ。次の戯作を書くためにな」

春町はそう言って、白く輝き出している白河公の駕籠に背を向けた。

八

耕書堂ののれんを分けるとすぐ、帳場にいた蔦屋重三郎に、

「済まぬが茶を一杯」

と、春町は言った。

「あ、恋川さま。どうなさいました？　お顔の色がよくないですね」

「そうか」

「お身体の具合でも悪いので？」

「そうかな。身体なのか、頭の具合なのか」

言おうかどうしようか迷った。一瞬、あれは気のせいではないかと思ったのだ。

「頭の具合？」

「うむ。近ごろ、頭が疲れている気はする」

もしかしたら、昔、紀州藩邸の近くにいた牛蔵のように、頭がおかしくなってしまうのか。だが、牛蔵は治ったとおけけが言っていた。治るなら、ちょっと頭がおかしくなるのもいいかもしれない。

「お話しなさいませ。話せば楽になるものです」

蔦屋が優しい口調で言った。やはり、この男はおれたちの味方なのか。こいつが、おれたちの拠《よ》り所なのか。版元。それなくして、おれたちの仕事もない。

「いま、そこで、白河公の駕籠と出会ったのだ。公は駕籠を止め、なかからじっとおれを窺《うかが》っていた。こいつが恋川春町か。こいつが駿河小島藩の倉橋寿平か。そういう声まで聞こえた気がした」

「ああ。白河さまはときおりこの道を通るのですよ」

と、蔦屋はこともなげ。

「そうなのか」

そうではあるまい。やはり、白河公はおれを見張っているのだ。

「じつは、恋川さまと打ち合わせをしなければと思っていたところで」

おれもだと言おうとしたのを押しとどめ、

「なんの打ち合わせだよ」

と、訊いた。

「もちろん次作の」

「言っておくが、おれはもう、黄表紙なんか書きたくない」

「何を書かれるので？」

「いままでにないような戯作だ」

「いいですね。第二の黄表紙をぜひ」

「お前のところで出すかどうかはわからん」

「ま、そう、意地悪をおっしゃらずに」

蔦屋は軽く受け流した。

「題は『尾行屋三八日本脈《びこうやさんぱちにっぽんのみゃく》』」

と、春町は言った。さっき白河公に跡をつけられていると思ったことが、春町のどこかを刺激したらしい。とっさの思いつき。だが、考えに考えてつくる話より、とっさの思いつきのほうが面白かったりする。戯作者に、天が与えるご褒美の流星。

「尾行屋ってなんです？」

と、蔦屋は訊いた。

「人の跡をつけて、隠しごとを見つけ、それをネタに尾行したやつを強請《ゆす》るのさ」

「ほう」

「まずは吉原でこれはと思うやつの跡をつける。女犯《にょぼん》は許されないはずの僧侶《そうりょ》、藩の金を懐に入れた江戸屋敷の用人、店の金を着服した大店《おおだな》の番頭……このあたりが当然、引っかかって来るだろうな」

「ははあ」

「そこからさらに跡をつける。そのうちいろんなつながりが見えてくる。こいつとこいつが結びつく。え？　こいつとこいつ？　徹底して跡を追う」

「どこで金に？」

と、蔦屋は訊いた。戯作のなかのことでも金が気になるのか。

「小ネタをあいだに入れる。小悪党の尾行だ。そいつらから金にして、ちょこちょこ読者の溜飲を下げさせる。だが、本丸は違う」

話すうち興が乗って来る。

蔦屋がまた聞き上手。こいつの仕事ができる秘訣《ひけつ》はこれだろう。

「いいか、蔦屋。この世には三つの脈がある。人と人の結びつきは、生まれたところがいっしょだったり、親戚《しんせき》だったり、これは人脈」

「なるほど」

「欲望が結びつけるのが金脈。ここでいちばん活躍するのが、札差だの両替屋だ」

「はい」

「そして、三つ目こそ、この世でいちばん強固な脈」

「それは?」

「尻脈《けつ》。血の脈ではないぜ」

家宝を見せるように、ゆっくりと言った。

「尻脈とおっしゃいますと?」

「男同士の珍宝と尻のつながり。これがことのほか固い。これでつながったらなかなか切れぬし、じつは将軍家、幕閣、大名同士、その他、さまざまなところでつながって、この国を動かしている。尾行屋はそのことを徐々に摑《つか》んでいくのだ」

「なるほど、こっちは文武の二道ではなく、男女と男色の二道になるわけですね」

蔦屋はいいことを言う。

「そういうことさ」

春町は、前から考えていたような顔でうなずいた。

となると日本脈は、「二本脈」と書いて「にっぽんのみゃく」と読ませようか。

「それでどうなります?」

「それはわからんさ。結末を決めて書いても、話は面白くならないぞ」

「でしょうね」

「黄表紙のように、絵はあまり入れない。絵はあくまでも補足だ。主は文、絵は従。

わかるな？」

「それは面白い。ぜひ、お願いします」

「わかった」

仕事の予定が立つとホッとする。これで明日も戯作者でいられる。

「ところで、あんた、大田南畝と会っているか？」

春町は訊いた。

「いいえ。大田さまはもう戯作者や狂歌のお仲間とは絶縁すると宣言なさいました。もちろん、あたしなどとはお会いにはなりません」

「どう思う、あの態度？」

「大田さまはまさにお役人。笑いは、ほどのよさが身上。当然、立場が気まずくなればああした態度をお取りになるでしょう。同じ武士でも、覚悟があられる恋川さまとは大違いです。だが、大田さまがなにか？」

「どうも、おれの前の妻が、大田となにか関わっているみたいなのだ」

「男女の仲？」

「それはないと思うぞ」

「ほう。それは不思議ですね」

「だろう。なんとしても問い詰めたいのだが」

「では、お会いになりますか？」

　と、蔦屋は訊いた。

「誰と？」

「ですから、大田さまと」

「さっき、会ってないと申したではないか」

「そこは版元ですから、どのようにでもつなげます。たとえば、戯作ではなく漢詩集の話などをします。大田さまは牛込《うしごめ》にお住まいですので湯島《ゆしま》あたりの料亭で」

「ほう」

「恋川さまは偶然会ったことになさればいい」

「さすがだな」

　と、春町は言った。あの手、この手を考え、しかも実行する。しょせんおれは、版元に踊らされているだけかい。

「だが、さっき大田さまを悪く言いましたが、大田さまの人気は長くつづくでしょうな」

「そうなのか？」

「ああいう生き方をしたいお人は、いっぱいいるのです。大田さまだって、当然、すまじきものは宮仕え、という気持ちはございましょう。だが、それを上手に押し隠し、道楽のほうで楽しむのです。しかも、『飲む、打つ、買う』のような下劣な道楽ではありません。学問や教養とくっついた知恵者の道楽。ああして世を渡って行く人は、この先も尽きないでしょう。大田南畝はその先達です。希望の星です。百年、二百年後、誰が残っているか？　おそらく大田南畝」

「戯作者なんか残るものか」

と、春町は吐き捨てるように言った。

「だって大田南畝は戯作者じゃないですから」

蔦屋はさらりと言った。

九

「お、大田ではないか。大田南畝、四方赤良、寝惚先生」

湯島の料亭の玄関で、ばったり顔を合わせた。春町は入るところ、大田南畝は出るところ。

「恋川さん」

大田は気まずそうな顔をした。それはそうだろう、保身のため、かつての仲間とはいっさい会わないことにしたのだ。こんな恥知らず、戯作者の風上にも置けない。

「おっとっと、逃げちゃ駄目だぜ」

短軀《たんく》の大田が必死で逃げようとするが、春町は帯を摑んでぐいっと引いた。大田の身体がぴたりとくっついた。おいおい、おれは尻脈の一味じゃないんだぞ。

「いや、急ぎの用が」

「急ぎの用があるやつが、料亭で飯なんか食うもんか。あんたにちっと訊きたいことがあったんだ」

「なんでしょう？」

「駿河沼津藩の中屋敷にいるおまたという女のことを知らないか？」

「沼津藩のおまた？」

「とぼけるなよ」

「ああ。小股《おまた》の小町《こまち》」

「小股の小町？」

「狂歌を詠むのです。わたしの狂歌の弟子です」

まさか、おまたが狂歌をやるとは思わなかったが、じっさい狂歌集などはよく読んでいたのだ。

「あんた、狂歌仲間とは付き合わぬのだろうが」

春町は嫌みを言った。

「そう言い渡したのです。すると、狂歌ではなく、漢詩の弟子にしてくれと。漢詩ならば教えないわけではないので」

「あんた、吉原の花魁を落籍したんじゃないのか。聞いてるぜ。妻妾《さいしょう》同居の優雅な暮らしだって」

狂歌や戯作の仲間では、すでに知らない者はいない。三穂崎《みほざき》という花魁を千両で身請けして、お賤《しず》と名乗らせ、家に入れているのだ。「お賤」なんてひどい字にしたのは、正妻へのおべんちゃらだろう。こいつは、そういうことにも気が回るのだ。

「だから、小股の小町とはそんな関係ではありませんよ。なぜ、そんなことを？」

「あれはおれの元の妻だ」

「そうなので？」

大田は瞠目《どうもく》した。

「うまいのか、狂歌は？」

「まだ技に未熟なところはありますが、題材を探すのはうまい。それは才能がなければできないことです」

春町はじっと大田を見て、

「世のなかに蚊ほどうるさきものはなし　ぶんぶというて夜もねられず」

と、言った。定信の改革を嘲笑った狂歌だと、巷《ちまた》で評判になっている。

「なんです、それは？」

「あんただろう？」

「わたしでは」

「とぼけるな。権力者や世間は騙《だま》せても、戯作者は騙されないぞ。『ぶんぶといふて』なんぞという言い回しは、よほど駄洒落の才がないと言えない。前段のつながりから『ぶんぶ』の音に入っていくときの調子のよさも、四方赤良そのものだ」

「……」

「おれの『鸚鵡返文武二道』とどこが違う？　だが、おれのは白河公の顰蹙《ひんしゅく》を買い、跡をつけられ、暗殺さえされかねない」

「暗殺？　本当なので？」

「洒落でこんなことが言えるか」

するとと、大田南畝は真剣な顔になって、

「恋川さん、権力と戦えるものではありませぬぞ。わたしは下級武士だから、なおさらわかるのです。五十階建ての伏魔殿に入って化け物と戦うようなものです。では、どうしたらいいか？　その答えは、唐土の歴史を見るとよくわかります。われら文人は、世のなかがきな臭くなってきたら、竹林に逃げ込むしかないのです」

「朋誠堂喜三二も同じことを言っておった。あんたたちは逃げるときも、唐土の喩《たと》えなどを持ち出して言い訳するんだよな。まったく、どいつもこいつも」

春町は腹立たしげに言った。

「でも、恋川さんだって、はからずも、だったのでしょう？」

「はからずも？」

「『鸚鵡返』に、武士は結局、役立たずだということを書いてしまった。それは、意図したのではなく、はからずもだったのでしょう。だが、才能というのは見えてしまうのです。見えてしまうのが才能というものです。恋川さんは、それをそのまま書いてしまったのです。しかし、あれは痛烈でした」

「……」

さすがに大田は鋭い。後になれば、幕政批判だのお上への皮肉だのと言えるが、あのときはただ面白がって書いただけだった。

「つまりは、武士が自らを嘲笑った。あれは、為政者にはがつんと来たでしょうな」

「あんたの、あの狂歌もな」

「あれは、わたしじゃありません」

「とぼけて逃げるのか」

「恋川さん、われわれは生きて行かなければならないのです。生き抜くこと、どんな時代も生きて次の時代に駆け込むこと、それが正義です。戯作者や文人である前に、それこそが人としての正義です」

「だから、なんだ？」

「生き抜くためには、いまは書くときではないでしょう。筆を控えなさい。書けるときが来たら、また書きなさい。そういうのをいちばんわかっているのは女です。小股の小町もそこらがわかっている。少なくとも、男の馬鹿さが見えている」

「ほう。大田に女のことを教えてもらうとはな。さすがに妻妾同居」

妻と妾《めかけ》を同居させるなどという面倒なこと、とてもじゃないができそうもない。こいつを尊敬できるとしたらそこだけ。

「なんとでもおっしゃってください。恋川さん。ここはなんとしても生き抜きましょう。もう一度やって来ますよ。あの面白かった日々が」

このずる賢い皮肉屋が、夢見るような目をした。こいつなら、もっとしたたかに白河公と戦えるはずなのに。

「来るもんか」

春町はそう言って踵《きびす》を返した。

「恋川さん。わが身大事は恥ずかしいことではありませんぞ」

「……」

「下級武士も藩の重臣もいっしょでしょう」

「……」

「筆も逃げ足も速いほうがいいですぞ」

まだ言っている。

春町は振り向かない。が、大田の必死の忠告は胸に突き刺さる。

振り向きたいのに耐えて歩きながら、

――おれは寸足らずだな。

と春町は思った。人間として足りないなと。だから書くものも皆、中途半端だったのだ。へらへらして、もっと痛烈にできるものをさりげなく避けて、結局、全力では向き合っていなかった。しかも逃げ方まで下手。大田南畝はきれいに回り右したが、おれはそれすらできずにいる。

——だが、次の作では……。

戯作者はいつも、次の作に生きる。

第六章　本妻のおさね

一

恋川春町は、甲冑《かっちゅう》を着たままの落武者みたいに起きられないでいる。眠いわけではない。身体が重くて起きられない。疲れている。日なたの道を這《は》って来たミミズみたいに疲れている。近ごろずっとそうなのだ。

昼の四つ（午前十時ごろ）もとうに過ぎている。風が通るように、屋敷のなかはすべて開け放たれている。陽がじじじっと、音を立てそうな勢いで差してきている。世は真夏。暑い日がつづいている。夏は嫌だ。人も風景も、脂ぎってぎらぎらしてくる。

現に、この寝床から見えている藩邸の庭の池がそうだ。池の大半は、藩主が大事にしている南蛮物の睡蓮に覆われているが、隙間の水面がやけに光っている。

ちょうど、妻のおさねが廊下を通りかかったので、

「池に油でも撒《ま》いてないか？」

と、訊《き》いた。

「誰が池に油なんか撒くんですか？」

「あの殿ならわからんさ」

いま、庭の隅に屋根付きの土俵をつくらせている。相撲に反対していた春町が隠居したのをこれ幸いと、相撲道楽を再燃させているのだ。土俵に塩を撒いて喜ぶくらいだから、池に油を撒いても不思議はない。

「そんな馬鹿な。それより、起きたほうがよろしいのでは？」

おさねが枕元に座った。背筋をすっと伸ばす。この妻は、毎日ひとつ、なにかを覚悟しているみたいに姿勢がいい。

「起きたらどうなる？」

「畳を拭《ふ》けます」

「畳なんか毎日拭かなくてもいいだろうよ」

「いいえ」

拭かないといけないらしい。この家はいつもきれいである。一粒の塵《ちり》さえないくらいに磨き上げられ、まるで神棚のなかに住んでいるみたい。

「起きるさ。起きますよ。起きりゃいいんでしょう」

嫌みたらしく言いながら、やっとのことで布団に座った。

昨夜《ゆうべ》は遅くまで書きものをしていた。例の戯作《げさく》。『尾行屋三八二本脈』。じっさい尻《けつ》脈は、いま、この時代にも多大の影響をもたらしているに違いない。千代田の城の偉いやつのなかにも、たぶんいっぱいいる。

春町は、衆道に走るやつの気持ちがまったくわからない。女の身体のほうが、はるかにきれいだし、艶々《つやつや》しているし、ほっそりしているし、そのくせところどころはふっくらしているし、つまりは抱き心地がいい。いったい、なにを好きこのんで、薄黒くて、毛が多くて、ごつごつしていて、汗臭い身体を、わざわざ抱かなければならないのか。

だが、そういう性癖が面白いのだ。春町からしたら化け物芝居でしかないが、逆に化け物芝居こそ戯作の神髄だろう。千代田城の化け物たちがふだん、どんな暮らしを送っているのか。山東京伝が書いた洒落《しゃれ》本『通言総籬《つうげんそうまがき》』みたいに、根掘り葉掘り書いてやりたい。その趣向を考えているうち、明け方近くになっていたのだった。

布団にあぐらをかいて目ヤニをこすっている春町に、

「亀之助が心配していましたよ」

と、おさねが言った。

「亀之助が？　なんだって？」

「父上が近ごろ、わたしに敬語で話されるのですと。なぜ、倅《せがれ》に敬語を使うのでしょうと、不思議がっていました」

「そうだっけ？」

だが、言われてみれば、敬語とまではいかないまでも、丁寧な口調にはなっているかもしれない。呼ぶときも、他人行儀に「亀之助さん」。意識せず、自然にそう呼んでしまったのだ。これは、家にあって、だんだん居たたまれなくなってきているせいかもしれない。

父とは、居たたまれない男のこと。そんな言い回しが浮かんだ。

では、武士とは？

なかなかいいのが浮かばない。

外の井戸端で歯を磨き口をゆすいでいると、藩主の松平信義が、まわしを締めた恰好《かっこう》で向こうのほうに現われ、春町を見かけて、

「倉橋、白河さまのところには伺ったのか？」

と、訊いた。それから急いでそっぽを向いたのは、やはり訊きにくい気持ちがあったのだろう。

「あ、じつは今日、伺おうと思っていたのですよ」

春町は、軽い調子で言った。

「そうなのか」

なぜ、そんなことを言ってしまったのか。

何度か行こうと思ったのは事実だが、じっさいに行動には移せなかった。

「わしは行かなくていいよな？」

と、藩主が訊いた。

「殿が行かれるほどのことではないでしょう」

「そうだな」

と、ホッとしたように言って、いなくなった。だが、本当に藩主が付き添わなくていいのか。気の利いた藩主なら、とっくにともに行って詫《わ》びるくらいのことはしていただろう。それで、ことはとうに解決していたはずである。先延ばしにして、おれはことをどんどんこじらせている。身体の調子も悪くなって、毎日、頭もぼんやりしている。

だが、ああ言ってしまったら、行かなければなるまい。屋敷にもどって、

「裃《かみしも》を出してくれ」

と、妻のおさねに言った。

「どうなさいます？」

「ご老中に会いに行く。正装せねばなるまい」

「ああ、やっと覚悟なさいましたか」

「なんだ、覚悟とは？」

「お呼び出しがあったのに、応じないでおられたのでしょう」

「誰に聞いた？」

「殿の周辺から」

おさねにはなにも話していない。

「そういうことか」

「いつ伺うのか、お気になさっていたみたいです」

「直接、おれに訊けばいいのに、変に遠慮なさるのだ」

春町は愚痴を言った。

おさねは長持から裃を出してきて、

「昨日、おっしゃっていただけたら、ちゃんと糊付《のり》けをしておきましたのに」

と、文句を言った。

「糊なんかどうでもいい」

「どうでもよくありませんよ。ぴしっとして見えるのと見えないのとでは、相手の印象は大違いでしょう」

つくづくきっちりした女である。

「白髪が増えましたね」

春町の頭を見て、おさねは言った。

「そうだろうさ。白頭掻いてさらに短しだ。まったくすべて簪《しん》に勝《た》えざらんと欲すだな」

思い立って、春町はやはり鎖帷子を着込んだ。こっちからのこのこ伺って、斬られるのは嫌である。だが、鎖帷子を見たおさねは、

「なぜ、鎖帷子を？」

と、訊いた。

「よい。武士の策だ」

「そうですか。もし切腹なさるなら、わたしもお伴《とも》いたしますが」

当たり前のことのように言った。

「え？」

おさねの目を見た。混じり気なしの本気。

「切腹なさいます？」

「冗談はやめてくれ」

そういうことを言われると、追い詰められた気分になる。武士とは、切腹する男。その伴をする妻を持つ男。

門のところで振り返ると、やっぱり池がぎらぎらと禍々《まがまが》しいくらいに光っていた。なぜ、池に油など撒くのだろうか。

二

白河藩邸は八丁堀《はっちょうぼり》。前を楓川《もみじがわ》が流れ、門前に架かる橋は、人呼んで越中殿橋《えっちゅうどのばし》。松平定信は越中守。

あの召喚文には、「おりを見て、屋敷か城まで」と書いてあった。

だが、城には行きたくない。たとえ行くにせよ、一度、こちらに訪《おと》ないを入れ、用人あたりから、「いっ、どこどこへ」と返事をもらってからだろう。呼ばれたからと、いきなり城を訪ねるのは、図々《ずうずう》しい馬鹿のすることだ。

だが、門番を見ただけで、臆《おく》してしまう。また、ここの門番は、ほかの藩邸の門番と比べてもいかにも偉そうなのだ。

表門を通り過ぎ、藩邸の外をぐるっと回った。意外にそう大きくない。敷地が平べったくて、奥行きはほとんどないのだ。せいぜい三千坪ほどの敷地だろう。

「なんだ、この藩邸は。ところてんみたいなかたち、しやがって」

と、毒づいてやる。

権力者などというのは、しょせん、こんなふうに薄っぺらい存在なのではないか。このあいだまで、我が世の春を謳歌《おうか》するみたいだった田沼意次も、次に松平定信が現われると、たちまち落ち目になって、いまやかつての田沼の仲間は残党狩りのような目に遭っている。だが、松平定信だって、次に登場する権力者に、けちょんけちょんにやられるかもしれないのだ。

であれば、朋誠堂喜三二や大田南畝が言っていたように、おとなしくして耐えるのも手なのかもしれない。それで、次にあまりうるさいことは言わない権力者が出てきたら、そのあいだに言いたいことを言って回るのか。

だが、それでいいのか？　それが真の戯作者の魂か？

「ははあ。武士ならそうするのか」

そっとつぶやいた。

一回りして、また表門のところに来た。

偉そうな門構えである。白河藩。なまじ字面のきれいな藩のあるじになったため、白河公は変にこぎれいな政をしようとしているのではないか。これがたとえば黒沼藩という名の藩のあるじだったら、政はまた、違ったのではないか。あるいは赤摺藩とか。脇毛藩とか。

まずは、用人への挨拶《あいさつ》。門番などに臆する必要はない。

春町はそう言い聞かせて、

「こちらは、白河藩主でご老中の、松平定信公のお屋敷かな？」

と、声をかけた。

「さよう。あなたさまは？」

「わ、わたしの名は、本名、倉橋寿平」

「本名？」

「戯作者としての名があり、恋川春町」

こっちの用で来たのだから、こっちを名乗るのが筋だろう。

するとと門番は、いきなり顔を輝かせ、

『金々先生』の？　『辞闘戦新根《ことばたたかいあたらしいのね》』の？　『吉原大通会《よしわらだいつうえ》』の？　『鸚鵡返文武二道』の？」

と、春町の作を並べ立てた。

「いやあ。先生のお作は大好きで、ほとんど読んでますよ」

「あ、そうなの」

白河藩邸の門番が愛読してくれているくらいなら、藩主の怒りもたいしたことはないのではないか。

「じつは、あたし、渡り中間でして」

と、門番は声を低めた。

「なるほど」

であれば、藩邸中で春町の贔屓《ひいき》というのは期待できない。

「給金を上げるどころか、下げられましして」

「……」

あんたの遺恨を晴らしてやったのかい。

「それで、うちの殿さまですね？　西丸下《にしのまるした》のご老中屋敷には？」

「伺っておらぬ」

「いまは、ほとんどそちらにおられますが」

やはりお城に伺わなければ駄目らしい。

三

鍛冶橋《かじばし》御門から、馬場先《ばばさき》御門を入れば、そこはもうご城内。

あたりは大大名の屋敷ばかり。金魚の糞《ふん》のような駿河小島藩とは格が違う。

臆するあまりに、春町の足は齧《かじ》られたコンニャクみたいになっている。

「ううう、まっすぐ歩けない。どうなっているのだ」

そう言いながらも、門前に辿《たど》り着いてしまった。永遠に着かなくてもよかったのに。永遠に歩きつづけたって構わなかったのに。

千代田城と向かい合う、広大な屋敷。こんなところに住んで、下々の者を苦しめて、いったいなにが嬉《うれ》しいんだか。おれは少なくとも、下々の者を楽しませているのだ。

どっちが偉い？

だが、駿河小島藩の名もなき領民が江戸に出て来て、あの金魚の糞の藩邸の前に立つときも、やっぱり同じ思いを抱くのではないか。こんな大きな屋敷に住んで、下々の者を苦しめて、なにが嬉しいんだかと。

いや、少なくともおれは、領民の楽しみにけちをつけたりはしない。非難がましい言葉でも、聞かなかったふりをするくらいの度量はある。それをいちいち咎《とが》めだてして、偉そうに呼びつけて、暗殺まで試みて……。

「なんだ、馬鹿野郎」

と、春町は言った。すごく小さな声で。

「この、女形老中《おやまろうじゅう》。真っ白い顔をしてるんだってな。白粉《おしろい》塗ってるんだろうが。そのうち紅まで塗りたくなるぞ。どうせ、あんたなんか若いときから美少年を集め、かまを掘っていたのだろうが。そればかりか、自分のケツも掘らせて、よがったりしていたのだろうが。真っ白いケツをしてるんだろ。ケツが白いから、きれいな政をするってえのか。だから、男と女のことには厳しいのか。そうに決まっている。女に金を使うのが勿体《もったい》ないから、白粉塗った男で間に合わせていやがるんだ。そんなにきれいな世のなかがよかったら、朝起きたら、顔といっしょにケツまで洗えと、立て札でも出せばいいだろうが。それがほんとの朝令暮穴。てめえの性向を、世の人々に圧《お》しつけるんじゃねえってえの。ちっとくらいからかわれても、怒るんじゃねえっつうの。ケツの穴、ちいせえぞ。文句あんのか、こら。文句があるなら屋敷から出て来いっつうの。いつでも相手になってやるから」

もっと小さな声で言った。

表門の門番が、こちらを怪訝《けげん》そうに見ている。あいつ、一人で、なにしゃべってるんだろうと、気味悪そうにしている。あれは、おれの黄表紙の愛読者ではない。そんな偶然はそうそうない。

「どうか、されましたか?」

向こうから、いきなり声をかけて来た。

「え?」

「当家になにか御用ですか?」

「あ、いや……」

春町はがちがちに固まった足取りで近づき、

「松平定信さまにお会いしたく。拙者、戯作者の恋川春町と申す者」

「殿はいま、城内の黒書院で会議をなさっています。お急ぎなら、当家の用人をお呼びしましょうか？」

「あ、いや、用人では埒《らち》があかぬ。また、伺おう」

春町は踵《きびす》を返した。

へとへとに疲れた。だが、定信がいないのは幸運だった。これでまた向こうから
「呼んでいるのになぜ来ない」と言って来たら、

「何度も伺ったのに、お屋敷におられなかった」

と、言い訳できるではないか。

四

和田倉《わだくら》御門から呉服橋《ごふくばし》御門を通って城を出て、銀座《ぎんざ》の通りのほうへやって来て、京橋《きょうばし》の手前まで来たとき、

「恋川先生」

声をかけられた。

そこにいたのは、なんと山東京伝。

こいつは深川の質屋の息子。こんなところでなにをしているのか。

「じつは、ここらで煙草屋をやりたいと思ってましてね」

訊きもしないのに京伝は言った。

「煙草屋？　あんた、戯作者として人気絶頂ではないか」

嫌みたらしく言った。言いながら、激しい妬心《としん》が湧き上がる。黄表紙だけならい。洒落本でも、斯界《しかい》の第一人者になっている。

まだ若い。たしか三十にもなっていない。以前、「あたしが十五のときに、金々先生が出まして、そりゃあ夢中になりました」と、世辞を言われたことがある。黄表紙は十八のときに書き始め、二十五のとき、『江戸生艶気樺焼』を書いて、その名を天下に轟《とどろ》かせた。「恋川春町の時代は終わった。次は山東京伝だ」という評も耳にしたことがある。

京伝の作は、ほんとにそんなにいいのか。いろんな黄表紙がいままでいくつつくられたのかは知らないが、最高傑作はなにかと訊かれたら、多くの江戸っ子は、山東京伝の『江戸生艶気樺焼』をあげるのではないか。春町の金々先生を知らなくても、艶二郎《えんじろう》を知らないやつはいない。

仇気屋《あだきや》という店の一人息子の艶二郎が、艶っぽい男に憧《あこが》れて、新内節の主人公のように遊女と心中しようとする。それから近所の道楽息子の北里喜之介《きたりきのすけ》と、幇間《たいこもち》と医者をかけもちしている悪井志庵《わるいしあん》の力も借りて、次々に心中の段取りをつけていく。まずは、心中のとき奏でられるめりやす節を習う。さらには、彫り物をしたり、芸者を雇って自分のところに駆け込ませたり、さらにその噂を瓦版《かわらばん》にして撒《ま》かせたり。

こうした間抜けぶりはたしかにおかしい。結局、艶二郎が心中に成功などするわけはなく、失敗しておやじに説教されるオチとなる。

単純な話なのだ。だが、単純だから満天下の人が読む。高級な話など書いても、大勢の読者がつくはずがない。馬鹿に認められないと、戯作者は一流にはなれない。

「戯作の人気なんざ、いつまでつづくかわかりませんよ」

と、京伝は言った。

「まあな」

この男、意外に覚めている。もっと有頂天なのかと思っていた。

「煙草屋は堅いです。しかも、あたしはそこで、いろんな柄や紋の小間物も売ろうと思いましてね」

「ほう」

京伝も春町と同じく、絵も自分で描く。それを見れば、この男が柄や紋にも才能があるのはわかる。まったくもって多才なのだ。

「それより、恋川さま。よくぞ、ご無事で」

「ああ、いまのところはな。だが、白河公から呼び出しは来ているし、暗殺も試みられているし」

「暗殺！　そりゃあ、まずいですね」

「あんたはうまいよな。無事是《これ》名馬というやつか」

「いいえ。あたしはもう、奉行所から呼び出されましたよ」

「なんで？」

「石部琴好《いしべきんこう》さんの『黒白水鏡《こくびゃくみずかがみ》』の絵を描いた件でね」

　この『黒白水鏡』は、松平定信ではなく、すでに失脚した田沼意次のことを茶化して書かれたものである。定信に擬した人物は、最後になって現われ、むしろいい役になっている。それでも幕閣の馬鹿げた内紛をあからさまに笑いのめしたということは、いまの幕閣をも軽視することにつながっていくのだろう。

「石部はどうした？」

「数日、手鎖をかけられ、江戸所払いになりました」

「あんたは？」

「あたしは、些細《ささい》な過料を取られただけです。痛くも痒《かゆ》くもありません」

「たいした気概だな」

春町は感心した。奉行所で叱られたことなど、なんとも思ってはいないらしい。戯作者の看板を張るなら、これくらいの度胸は必要なのだ。

「しかもあたしは、恋川さまたちの志を受け継いで、『孔子《こうし》縞《じま》于時《ときに》藍染《あいぞめ》』を書きました」

「ああ、読んだよ」

と、春町はうなずいた。

これも黄表紙にはめずらしくない、褒め殺しの手口。定信が押しつける〈論語〉によって、世のなかは皆、礼儀正しくて、親孝行で、忠義に厚く、友だちを大事にする立派な人たちばかりになっている。

だが、そんな世のなかになるわけがない。なるわけがないことを定信は押しつけている。だから、皆、ひそかに定信を笑っている。それが、この戯作によって明らかになってしまうのだ。

「いくら鈍感なお上でも、なに、ふざけてるんだと思うわな」

と、春町は言った。

「ええ、ふざけているんですよ。ふざけたことって面白いじゃないですか。偉い人たちには面白くないんでしょうが。でも、ふざけるのが戯作者でしょう。だから、あたしはふざけつづける」

そこはまったく同感なのだが、町人のほうが肝が据わっている。

京伝はちらりと、春町を見た。

「恋川さまは、しょせん、武士を捨てられないんですよ」

目がそう言った。

「……」

春町も見返した。おれを嘲笑《あざわら》ったたな。

斬ってやろうかと思う。だが、そう思うことが武士なのだ。気に入らなかったら斬ってやる。処罰してやる。それこそ、武士。ほんとにおれは、武士を捨てられない。松平定信を笑えるのか。

おれが武士だから、こいつの黄表紙に負けているのか。

だが、おれには次の構想がある。黄表紙でもない。洒落本でもない。新しい話のかたち。それがつくれてこその戯作者だということを、こいつに思い知らせてやる。

五
「じゃあな」

春町は京伝に別れを告げた。

すると、前方から蔦屋重三郎がやって来るのが見えた。

蔦屋は嬉しそうな顔をして手を上げた。

「よう」

と、春町も手を上げたが、視線が違う。蔦屋は、春町がいま別れた京伝に手を上げたのだ。

「どうも、どうも」

京伝が笑顔で蔦屋を迎えた。

「いいのがあったかね？　煙草屋にぴったりの？」

と、蔦屋が訊いた。

「いまのところはないみたいですが、空きそうなところはいくつか」

京伝は、話しながら通り沿いの甘味屋の縁台を指差した。座りましょうというのだ。

蔦屋はうなずき、二人は縁台に腰をかけた。

春町はそれを見て、背後にそっと回り、話が聞こえるところにさりげなく座った。

「そうか。だが、銀座より、小伝馬町あたりのほうがよくないかい？」

蔦屋が京伝に訊いた。

「いや、これからは銀座の時代です。長く栄えるのは両国界隈《かいわい》よりも銀座でしょう。あたしの勘はそう言っています」

「京伝さんの勘なら間違いない」

「なあに。そういえば、いま、恋川春町さまにお会いしました」

「恋川さまに？　なにをなさっていた？」

「なんでしょうね。裃姿でしたが、ずいぶん窶《やつ》れているようでした」

「そうなのさ。恋川さま、このところすっかりお窶れでね」

蔦屋と京伝は、すぐ近くに春町がいるのに気がつかない。

客の出入りが絶え間ないから、しょうがないが、それにしてもおれは影が薄い。

「やはり応《こた》えているのでしょうか、『鸚鵡返』のことが」

と、京伝は余裕のある口調で言った。

「そうだろうね。あたしらが白河さまに睨《にら》まれるのと、恋川さまが睨まれるのとでは、重みが違うだろうから」

「だが、暗殺までされそうになったとか」

「いや、それは恋川さまの妄想」

「ですよね」

二人は面白そうに笑った。

どこが妄想だ。きさまらは、跡をつけられたりした経験がないのだろう。それがどんなに気持ち悪いことか、わからないのだろう。

「呼び出しは来たのかね、白河さまからは？」

と、蔦屋が京伝に訊いた。

「来ているみたいですよ」

「でも、行かないんだ？」

「そうみたいです」

「どういうおつもりなのかね？」

「どうなのでしょう」

それは、おれだってわからないんだよ、と話に割って入りたい。そして、こう言いたい。

「たぶん、会えば謝らざるを得ない。だが、謝りたくはないんだろうな。それに、おれはもう小島藩の重役でもなんでもないんだ。一介の隠居。それでも直接、会いに行く必要があると思うか？　だったら、そんなことはしらばくれたままにして、おれは次の作を書くのが大事な気がするのさ。今度こそ、松平定信のいちばん嫌なところをえぐってやる。いままでにない、新しい戯作の手法を使ってな」

だが、蔦屋と京伝は、春町には気づかず話をつづけている。

「次はどうやって攻める気だい、京伝さん」

「目先を変えて、あたしは洒落本の傑作を書きたいんですよ」

「洒落本ねえ。『通言総籬』は、充分、傑作だったがね」

「いや、あたしは吉原のほんとの裏の姿を書きたいんですよ。まるで錦のような豪華絢爛《けんらん》たる吉原の舞台裏は、食べ散らかしたゴミの山や、ゲロだらけの厠《かわや》、だらしなく眠る遊女の寝顔、化粧を落とした花魁《おいらん》の顔なんざ、とてもじゃないが見られたもんじゃない。ぞっとしますよ」

「ほんとだよね」

蔦屋だって、そこらはすべて知っている。

「そのまことの姿を書いて、逆にこの世の人間のほんとの姿を書き写したいんです。白河さまが言うような、きれいごとの人間じゃなくてですよ。そうやってこそ、幕府の政が、さらには武士という勿体ぶった身分そのものが、インチキだということをはっきり示してやれるように思うんです」

「いいねえ、京伝さん」

「題もほぼできました。『青楼昼之世界錦之裏《せいろうひるのせかいにしきのうら》』です」

「いいじゃないの」

「でも、あたしのこれを出せば、蔦屋さんだって危ういですよ」

「かまわないよ。ともに手鎖を受けようじゃないか」

蔦屋はにっこり笑ってうなずいた。

おいおい、お前らもまさか、あっちか？　男男の道か？

だが、このやりとりで、春町にははっきりわかった。蔦屋はおれの次作より、京伝の次作を待っているのだ。おれの『尾行屋三八』などは、書いても書かなくても、別にどっちでもいいのだ。版元に期待されない戯作者。

――おれはもう、終わったな。

そのことが、なによりも春町を打ちのめした。崩れ落ちそうな気分だった。

六

——ここは、どこだ？

恋川春町は、自分がいま立っている場所がわからない。しばらく歩いていた気はするが、どこに行こうという当てもなかったのだ。

寺の境内である。そう大きくもない寺。寺の境内なんかどこも似たり寄ったりで、来たことがあるような、ないような。

墓参りを済ませたばかりらしい女に声をかけて訊いた。

「この寺は町で言うと、どこに当たるかな？」

妙な訊き方だが、寺の名前を訊くよりはましだろう。幽霊だって寺の名前くらいは知っている。

「内藤新宿《ないとうしんじゅく》の表番衆町《おもてばんしゅうちょう》ですよ」

女は警戒するように言って、さっさといなくなった。

——ああ、そうか。

町の名でわかった。十劫山成覚寺《じっこうさんじょうかくじ》。倉橋家の菩提寺《ぼだいじ》である。

ここは、三ノ輪の浄閑寺ほどではないが、内藤新宿の飯盛女たちの投げ込み寺としても知られる。哀れな遊女たちといっしょの寺に眠るのは、戯作者にはふさわしいだろう。

――それにしても、なんでこんなところにいるんだ？

さっきまで京橋のたもとあたりにいた。ここまで一里ではきかない。このところ無沙汰《ぶさた》していたので、墓参りに来なければという思いはあった。それでなにも考えないうちに、自然とここへ足が向いたのか。変なおれ。

とりあえず、代々の墓に手を合わせる。倉橋家代々の墓は、高さは三尺もないか。四、五歳ほどの細身の子どもくらい。粗削りの白っぽい御影石《みかげいし》で、正面だけが縁取りして削られている。上のほうが黒ずんでいるのは、黴《かび》なのか、火事で焼かれでもしたのか。頭のようにも見えて、少々薄気味悪い。

墓にもそれぞれ表情がある。偉そうな墓もあれば、哀しげな墓もある。墓のくせに笑っているようなのもある。倉橋家の墓は間抜け面だった。死ぬつもりもないのに死んでしまって建てられたような、なんだかとぼけた佇《たたず》まいだった。

やぶ蚊が多く、たちまち手や足を食われた。ぼりぼり掻《か》きむしっていると、

「お前、なにしに来た？」

墓が訊いた。

「おれの墓をお参りに来たんだよ」

と、春町の答え。

「お前の墓だって？」

「そう。この墓はたしかにおれの墓だ。だが、墓に手を合わせているおれは、いったいどこのどいつだろう？」

黄表紙に出て来るような、頓珍漢《とんちんかん》なやりとりが頭に浮かんだ。

おれは、じつはもう死んだのかもしれない。

あるいは、まだ生きているかもしれない。

だが、生きていることと、死んでいることのあいだに、明確な線引きはあるのだろうか。人間が勝手にそう思っているだけではないのか。

カラスが二羽、ぎゃあぎゃあ鳴きながら飛んできて、数基先の墓石の上に乗った。

真っ黒い羽がやけに光っていて不気味である。

「なんだよ、あっちへ行けよ」

すると、次は足元に別の気配。しゅるしゅると、白いものが地面を這った。

へビだった。それも、白蛇。

白河公の化身か。だが、白河公だって、別に死んではいない。

倉橋家の墓の前まで来ると、白蛇はぴんとまっすぐになった。まるで、白鞘《しらざや》の短刀みたい。蛇で腹を切れってか。

「なんのつもりだよ？」

春町は訊きながら、地面を蹴《け》った。

すると白蛇はまた蛇行を始め、草むらのなかへと消えた。

七

春町は、小石川の藩邸にもどっている。途中で陽が傾いてきた。

もともとここらは赤土なのか、夕陽に照らされて地面がやけに赤い。地獄行きの街道でも歩いているみたい。ひたすら真っ直ぐな道というのも嫌である。道は多少曲がりくねっているくらいがいい。

すぐ前を町人の二人連れが歩いている。二人とも木箱を背負《しょ》っている。

「山東京伝は出るかい？」

と、左の男が右の男に訊いた。

「よく出るさ。京伝の本だけ持ち歩いても損はないくらいだ」

「おれもそうだよ」

「だって、京伝は面白いもの」

どうやら、貸本屋同士が帰り道を同じくしているらしい。

「いっとき人気があった恋川春町はどうだい？」

「『文武二道』はよく出たけど、もう勢いはおさまったな」

「春町も全盛時の人気はないよ」

わかってるわい、そんなことは。後ろから怒鳴りつけてやりたい。

「しかも、今年に入って、正月以来、新作が出てないな」

「たしかにそうだな。ほんとなら、いまごろ新作が出てておかしくない」

言われてみれば、そうである。おれは、自分で思っているより、もっと打ちのめされているのかも。

「だが、『文武二道』はまずいよ。ああまで書かれたら、お上だって怒るさ」

「だよな」

「世のなか、武士がしっかりしてくれないと駄目になる。そのためには、あんなふうに権威を失墜させるようなものは書いたら駄目だ」

「まったくだ」

こういうやつも、世のなかにはいっぱいいるのだ。お上の尻馬に乗って、形勢のよくないものを苛《いじ》めにかかる。これも町人の本性。

自分たちは押さえつけられていると、気づきたくないのだろう。幕府に寄り添って生きているほうが、気分も楽なのだろう。

「朋誠堂喜三二もいなくなったらしいな」

「逃げたんだろう」

「春町はぐずぐずしていて逃げ遅れか」

左の男が笑いながら言った。馬鹿、笑いごとか。

「江戸所払いくらいで済めばいいけど」

「下手すりゃこれか？」

右手を腹のあたりでぐいと横に引き、けらけらと笑った。

貸本屋の二人は、神楽坂下《かぐらざかした》あたりでいなくなった。

あれが世間なのだ。おけけや、いつぞやの甘味屋の女将のような読者はむしろ少数派なのだ。権力だけではなく、おれは読者も舐《な》めたのだ。

それはおそらく朋誠堂喜三二を筆頭に何人もの仲間がいたからだった。仲間といっしょで気が大きくなり、多少のことも許される気がした。しかも、自分たちのやっていることが世のなかの趨勢《すうせい》となっていくような思い上がりもあった。

——甘かった。

せめて、先を予想し、幕府が反撃に出たなら、こう対処しようと、それくらいの戦略はあるべきだった。喜三二はいまごろうまく逃げおおせたと、国許《くにもと》で手足を伸ばしているのだろうか。せめて、同じことを反省していてもらいたい。

——くそっ。

春町は歩きながら呻《うめ》き、髪を掻きむしった。

髷《まげ》が乱れた春町を、通りすがりの町人が、気味悪そうに見て、慌てて目を逸《そ》らした。

水道橋のところまでやって来ると、橋の欄干に寄りかかるようにして、男がいた。すっかり暗くなった川の流れを見つめている。上流の方で雨でも降ったのか、今日はいつもより水嵩《みずかさ》も増えているのだ。

嫌な気配。

「おい、飛び込むのか？」

　春町、声をかけた。

「ええ。止めないでください」

「止めないよ。女は気の迷いで飛び込むが、男は覚悟を決めて飛び込むというからな」

「そうですとも」

「だが、なんで？」

「いろいろあってね」

「そりゃそうだろうな」

「商売が傾いてきましてね、あっしはもともと養子で入ったんですが、女房のむくれることといったら、とても店にはいられない雰囲気ですよ。跡継ぎになるはずの倅にはそっぽを向かれるわ、可愛がっていた猫はいなくなるわ」

「つづくんだな」

　と、春町。じつによくわかる。はずみでもついたみたいに、悪事がどっと押し寄せて来る。

「昔のよかったときのことばかり思い出してしまいまして」

「懐かしむわけか」

「ええ。近ごろはそればっかり」

「よくわかるよ」

春町もそうだった。狂歌に熱中し、歌会ばかりしていたころ。自分の書いたものがどんどん売れて、文名がいっきに高まったころ。ぼんやりしていると思ったら、天明のあのころを思い出している。天明に帰りたい。

だが、懐古趣味に陥ると、人はじわじわと生きる力を無くしていくのだ。

「要は疲れちまったってわけで」

と、男は言った。

「わかるよ。ま、もう一考してみることだな」

春町、冷たく踵《きびす》を返した。

八

藩邸が見えて来た。

今日は疲れた。早く横になりたい。ウナギのように長くなって横になりたい。たとえ目釘《めくぎ》を刺されてもいいから横になりたい。

門に近づいたとき、

「あ、会えてよかった」

いきなり後ろから袖《そで》を引かれた。

振り向くと、幼馴染《おさななじみ》のおけけではないか。

「なんだ。お前とはもう会わないと言ったではないか」

「どうしても心配だったので」

「なにが？」

「倉橋さまは、追い詰められると脆《もろ》いところがあるから」

「なんだと？」

「覚えてない？　学問所の先生から課題を出されたのをやってなくて、提出の日が近づいたらすっかり憂鬱《ゆううつ》になってしまったでしょ。そのとき、倉橋さまは脱藩するか、腹を切るか、どっちがいいかってあたしに相談したのよ」

「そんなことが……」

あった気がする。

「ふざけるのが好きなくせに、根は真面目なの。そういう人は、追い詰められると脆いのよ。くれぐれも早まったことはしないでね」

「脆くなんかない」

「だったらいいけど」

「お前なんかに言われたくない。さっさと帰れ」

突き飛ばすようにして踵を返した。

まったく。学問所の課題と、老中の立腹では、重大さが違う。あんな昔のことを持ち出しやがって。

春町はますます憂鬱になって、頭痛もひどくなってきた。

藩邸にもどると、母屋の前で藩主とばったり。

「行って来たか？ 白河さまにはお会いしたのか？」

藩主、虎に餌をやるときみたいな、変に怯《おび》えた調子で訊いた。

「行きましたが、お会いできませんでした」

「そうか」

と、藩主は眉《まゆ》をひそめた。

「なにかおっしゃっているので？」

「ううむ、あの方の考えていることはわからぬのだ」

　白河公の気持ちだけではない。そもそも、この藩主はこの世のなりたちについて、なにもわかっていないのだ。相手の微妙な気持ちを察することもできなければ、駆け引きもできない。

　一万石の藩主などこの程度でもやっていけるのが、武士の世界なのだ。これが商家のあるじなら、ひと月で店はつぶれる。

　話していると、ちょうど義父と倅の亀之助が通りかかった。

「お、お会いできたのか？」

　義父が訊いた。たぶんおさねにでも聞いていたのだろう。

「いや。いま、殿にも申し上げたのですが、お会いできずに」

　すると、わきから亀之助が、

「父上はお会いしたくないのでしょう」

　と、冷笑して言った。

　春町の屋敷のほうに入ると、

「お会いできましたか？」

玄関口でおさねが訊いた。皆で、息をつめるようにして報告を待っていたのか。

そう思うと、両肩がずんと重くなった。

「もう、殿にも、父上にも言ったよ。会えなかった」

できるだけ軽い調子で言った。でないと、重圧に押しつぶされそうである。

「殿はお気になさっておいでですよ」

「そうなのか？」

それなのに毎日、まわしを締めて相撲の稽古《けいこ》か？

「当然でしょう。自分のところの家臣が、白河さまのことをおからかいになるような戯作を書いて、世間を騒がせたのですから」

「そんなつもりでは……」

じっさい、そこまでのつもりはなかったのだ。ただ、春町の目に見えたものを、多少、茶化して書いただけ。だが、悪意がまったくなかったかと言われれば、それはやはりあったのだろう。

「あの殿だから、お前さまは叱られないでいるのですよ」

「そうかね」

「おやさしいのですよ」

人は悪くないかもしれない。だが、やさしいというのは、気遣いが土台にあるだろう。それはない。

「お前さま」

おさねの顔が変わった。

「なんだよ？」

「切腹なさいませ」

と、おさねは言った。

「なんだ、急に？」

「急にではありませぬ。この数か月、こういうことになるだろうと覚悟しておりました」

「なぜ、そう思った？」

「お前さまが武士だからです。武士が主君に恥をかかせた。これぞまさに切腹ものではありませぬか」

「殿が？」

「……」

建前はそうである。だが、いちいちそんなことをしていたら、世のなかの武士は半分くらいになる。

「お前さまが切腹なされば、わたしも喉《のど》を突きます。それで、亀之助さんはお咎めを逃れられるでしょう」

「別に腹を切るのは構わぬが」

と、春町は言った。じっさい、おさねに勧められて、

——なんだ、死ねばいいのか。

と、ホッとしたような気がしたのである。死ねば、自分もこんなにじわじわと苦しめられずに済むし、四方も丸く収まるのだ。単に死ぬだけで。

「ご立派！」

おさねは大きくうなずいた。

「だが、あんたまで？」

と、春町は訊いた。

「妻だからです」

「妻だから？」

「わたしは武士の妻だから」

おさねは、誇らしげに言った。

じつは、おさねの父も自害している。詳しくは、おさねも、朋誠堂も言わなかったが、それなりの理由はあったらしい。その際、おさねの母も後を追って自害した。子どもたちは責めを逃れるため、男の子は寺へ、おさねは商家に養子に出された。おさねは町人の娘になり、年ごろになっても、武士の妻になりたいと言って、縁談を断わりつづけてきたらしい。そして二十二になって、春町の後妻に入った。憧れだった武士の妻にようやくなれたのだ。

朋誠堂曰《いわ》く、

「前妻のおまたとは正反対のおなごを見つけてやったのだ。あれこそ武家の妻にふさわしいぞ」

たしかに、こんなによくできた女はいまい。意地悪な義父母も、おさねには文句のつけようもないくらいだった。

父母の最期について、

「この世でいちばん美しい死」

と、おさねは言ったことがある。

くどくど言い訳をしない。保身に走らない。生に恋々としない。清々《すがすが》しくて潔い。それこそが武士の死。武士とは清冽《せいれつ》であれと、天が人に与えた身分ですぞと。

その美しい死を迎えられると、おさねは喜んでいるのか。

そう思ったら、春町に反感が湧いた。美しい死など幻想だ、嘘っぱちだ。

「くだらぬことを言うな!」

春町は言い捨てて、書斎の戸をぴしゃりと閉めた。戯作者の美しい死など、着飾った豚に等しい。

九

――死は恐れない。

子どものころからそう言い聞かされ、おのれにも言い聞かせて来た。

だが、これが死ぬほどのことなのか。死ぬほどのことではないのに死んだりしたら、それこそくだらない。

だが一方で、

――もういいか。

という気持ちも湧いてきている。この数か月あまり、ずうっとはっきりしないものに追いかけられてきた。真綿で首を締められる思いとはこのことだろう。

こんな嫌な気持ちからは正直、逃れたい。追い詰められると脆いと言ったおけけの言葉が甦《よみがえ》る。

それに書き残したものがあるという気持ちがある。山東京伝に負けっぱなしでは死にたくない。大田南畝に大きな顔をさせておくのも腹が立つし、蔦屋も見返してやりたい。じっさいおれは、まだまだ書けるのだ。筆は枯渇などしていない。たっぷり墨を含んで、ぽたぽた垂れるくらい。

だが、しょせんはたかが戯作なのだ。どうせ、二晩前の飯のおかずのように、たちまち忘れられる代物なのだ。

それに、黄表紙を捨てて、もっと面白いものが書けるのかというと、本当のところは自信がない。『尾行屋三八二本脈』も、蔦屋はたいして期待していなそうだった。いまは自分でも、たいした作にはならない気がしている。

四十六で隠居もした。この先、生きていてどんないいことがある？　昔、なんとかというくだらないものを書いた人。そう言われるだけの後半生。そんなものは、別段無くなってもかまわない。

「わかった。死んでやろうではないか」

と、春町は口に出して言った。

藩主も、妻のおさねも、そしておそらくは松平定信も、おれの切腹を望んでいるのだろう。白河公は、それがいちばん面倒臭くないのだ。

だが、武士として死ぬつもりはない。腹など切る気はない。いつぞや両国広小路の見世物小屋で見た切腹の芸を思い出した。じっさいの切腹も、あのように見た目のいいものではないだろう。

どうせ、どうやって死んでも、表向きは病死にされるのが関の山。切腹は、都合はいいが、外聞はよくない。

――やはりおれは、戯作者として死のう。

戯作者らしい、意外な死に方はないものか。

春町はしばらく考えるうち、さっき水道橋のたもとで会った男のことを思い出した。そうか、水死という手があるか。

あいつの後を追って、神田川に飛び込むか。いまなら間違いなく、大川に出て、海まで流される。

しかし、神田川だの大川だのに飛び込むのは、いかにも町人臭い。おれは武士を捨てた戯作者。町人ではない。武士に愛想は尽きたが、では町人になりたいかと訊かれたら、町人にもなりたくない。

──あ、あそこがいい。

今朝からやけに気になっていた。庭の池。あそこで水死しよう。雨ガエルの溺死《できし》のような、いかにも戯作者らしい間抜けな死。

さっそく支度を始めた。だが、死に装束など着たくない。ちょうどつけていた袢や白っぽい着物は脱ぎ、いちばん戯作者らしいウナギの小紋の着物を着た。溺《おぼ》れるだけだから、道具は要らない。

──あ、そうだ。辞世の歌をつくらねば。

急いで歌を練るが、なかなかいいのが出ない。

だいたい辞世の句や歌などというのは、死期を悟ってあらかじめ用意しておくものなのだ。急いでつくってもいいのはできない。

われもまた身はなきものとおもひしが

今はのきわはくるしかりけり

それでもどうにか一首つくった。

やはり、つまらない。もともと狂歌はそれほど得意ではなかった。これが辞世の歌だと知ったら、大田南畝は笑うだろう。それから、戯作者としての評価をまた一段下げるだろう。

もう一首つくることにした。

腹切れと皆にじわじわ責められて
皺腹《しわばら》見ずにざんぶと飛び込む

いちおう見ずと水をかけた。まだ、こっちのほうがましか。

後はだれかに任せるとして、この二首を机上に置いた。

おさねは、勘は悪くない。これでだいたいを察するだろう。

十

周りは静かである。

おさねは台所で夕飯のしたくをしているのだろう。

義父と亀之助は、まだ母屋のほうで事務の仕事をしているのだ。障子に明かりが揺れている。

「亀之助。しっかり勉強いたせ」

小さくそう言って、庭に下りた。真ん中にあるおよそ百坪ほどの、藩主お気に入りの池に入る。

繁茂する睡蓮をかきわけ、石組のあるなかほどまで行き、横になった。

「ううむ」

見込みと大違い。ぬるいし、だいいち浅い。横になっても鼻が出る。これではいつまでも息をしてしまい、いつまで経っても溺れない。

――そうだ。手首を切って、血を出せばいいか。

脇差を取りに行くことにした。びしゃびしゃのまま、池を出て、家に上がろうとした。足に藻でもついていたらしく、つるりと滑って、脇腹を縁側の角に嫌というほどぶつけた。

「うっ、うっ、うっ」

痛みのあまり息ができず、しばらく悶絶《もんぜつ》した。あばら骨が一、二本、折れたかもしれない。少し死ぬのを先延ばしにしようか。

だが、そうも言ってはいられまい。

脇差を取って、もう一度、池に入る。横になり、手首を軽く切る。痛いが、たぶん腹ほどではない。

月明かりはほとんどないが、母屋の明かりがここまで届いていて、池のなかにじわじわと血が混じっていくのがわかった。

そのうち、母屋のほうで声がして、義父と亀之助がやって来るのがわかった。

「母上、なんだか池がやけにぎらぎらしていますね」

廊下から居間に入る前、ちょうど夕飯の膳《ぜん》を運んで来たおさねに、亀之助が言った。

「そうですか？」

「池に油でも撒いたのでしょうか？」

「池に油なんか撒くものですか。亀之助さんはほんと、言うことがお父上と似ていらっしゃいますね」

と、おさねが言った。

「そうですか」

「お嫌？」

「嫌なわけありませんよ。わたしはこれでも、けっこう恋川春町の倅というのを誇りにしているのですよ」

「あら、そうなの」

　このやりとりに、春町は胸の奥が熱くなった。

　亀之助、それをもう少し早く言ってくれてもよかったのではないか。

「お父上は？」

「あら、おられない？」

「腹が減り過ぎて、買い食いに出たのかもしれませんよ。父上がよく行く団子屋を見て来ましょうか？」

「そうね、お願い」

　亀之助は外に出て行った。

　義父はすでに上座に座り、晩酌を始めている。

　義母は黙って座っている。

　ちょうど池のなかの石組の裏あたりに横になったので、向こうからこっちは見えにくいが、こちらからは家のなかがよく見えている。

　おさねがふと、居間の隣にある春町の書斎に入った。

　そこでようやく、机上の辞世の歌を見つけた。

息を呑《の》む気配。おさねは後ろの義父のほうを見て、見られていないことを確かめ、すばやく丸めて袂《たもと》に入れた。

――あいつめ。

誰にも見せずに焼き捨てる気じゃないだろうな。

それからはばたばたと、皆が右往左往し始めた。

十一

夜が明けた。朝の光が眩《まぶ》しい。

睡蓮があたり一面、満開。縞《しま》の入った薄紫色の花びらが神々しいくらい。藩主自慢の睡蓮で、これなら底の浅い池でも咲き誇ると、苦労して増やした。相撲よりはましな道楽だろう。ふつうの蓮《はす》同様に、朝開いて昼には閉じる。三、四日咲いて萎れるが、次々に蕾《つぼみ》が出て、花を絶やさない。これは香りもまたいい。

春町はなかなか死なないでいる。

だが、意識は途切れ途切れ。夢か現《うつつ》かわからなくなってきた。

「ここにいるぞ」

と、声を出す力もないのだ。

昨夜《ゆうべ》、藩邸内はずっと大騒ぎだった。皆、手を尽くし、思い当たるところを尋ね歩いたらしい。

だが、いまは騒ぎも一段落。それぞれ疲れ切って、横になって身体を休めている。

「ご遺体は上がったのですか？」

声がした。前妻のおまた。

まさか、おまたのところで死んだのではと、訊きに行ったらしい。

あんたには世話をかけたな。おれがもう少しうまく立ち回れば、義父母との仲もうまくいったかもしれないのにな。

「まだなんですよ」

と、おさねが答えた。

おまたとちゃんと会うのは初めてではないか。おまたはこんなふうにざっかけない女なのさ。あんたが気にするほどのやつじゃない。あんたはほんとに立派な妻。おれには勿体なかったんだよ。

「水道橋から飛び込んだのですって？」

そう訊いたのは、女戯作者のおちちではないか。おちちのところにも行ったのか。

この分では、他の女たちのところも訪ねたかもしれない。

おちち、この先も頑張って書いてくれよ。お前に才能があるのは間違いないんだから。戯作者同士でうまくいかなかったけど、それもまた戯作者には話のタネ。おれのことを茶化して書いて構わないんだぜ。

「そうなんですよ。ちゃんと見た人もいましてね」

と、おさねは言った。

おいおい、それはおれじゃないぞ。ちょうど昨夜、あそこで飛び込もうとしていたのがいたんだ。

だが、捜しに行ったおさねは、あそこで男が飛び込んだという話を聞き、てっきりおれのことだと思い込んだのだろう。辞世の句からも誤解したに違いない。

「あたし、恋川さまにきついことを言ったみたいで」

と、聞き覚えのある声。お、うなぎ屋のおつらちゃんまで来てくれたのかい。

おつら、いい男、見つけろよ。戯作者はやめときな。しっかりした腕を持った職人がいい。お前だったら見つかるさ。

「なんて言ったの？」

「恋川さまは変だって」

「きつくないわよ。当たってるわよ」

おまたが笑うと、

「ほんとね」

幼馴染のおけけの声。おう、お前も来てくれたのか。

おれをいちばんわかってくれていたのは、やっぱりお前なのかもな。ほんと慰められたぜ。だが、天明のころに帰れないように、三十年前にも帰れないんだよな。

「あの人って、女にすがるから」

吉原のおわきの声。お前、よく来てくれたな。死ぬ前にもう一度、いっしょに布団に入りたかったよ。

女の身体の素晴らしさを教えてくれたのはお前だった。いや、女のやさしさも。おれの戯作は、お前がいてくれてこそだったのかもな。

「でも、すがられるのは女にとっては嬉しいことよ」

幼馴染のおけけが言った。

「そうかもしれませんね」

意外なことにおさねがうなずいた。いくら気張ってみても、お前もやっぱりやさしいところはあるんだな。

「存分に応えてあげることはできなかったけど」

おちちがうなずき、

「あたしじゃ力不足だったから」

おつらは俯《うつむ》いた。

「それはそうよ。あの人は、あたしたちに菩薩《ぼさつ》さまとか、観音さまみたいなものを求めていたのだもの」

おまたがそう言うと、

「ほんとですね」

おわきが苦笑した。

女たちは光の幕のなかにいた。

女たちは、池の縁《へり》に立っていた。春町と関わった六人の女たち。朝陽に照らされ、
ここは華清《かせい》の池か。水滑らかにして、おれの凝脂を洗うがごときだな。扶《たす》け起こされても、もはや嬌《きょう》として力も無いぞ。

もう誰の言葉なのかもわからなくなってきている。

「もうちょっとやさしくしてあげてもよかったかしら？」

「そうね。膝《ひざ》で泣かせてあげるくらいはね」

「菩薩になりそこねた？」

「残念ね」

いや、お前たちは充分、菩薩でいてくれたよ。観音さま、弁天さま、耶蘇《やそ》教で言うならマリヤさま。こんなおれと、よくぞ付き合ってくれました。いまは、感謝の気持ちでいっぱいだよ。

女は穴。

きれいで柔らかい穴。

底深く、寛大で、なんでも受け入れてくれる穴。

それに比べて男の突起の邪魔臭さ。いかにも性悪で、料簡《りょうけん》が狭くて。偉そうに胸を張ったと思えば、情けなくうなだれたり。あっち向いたり、こっち向いたり。使うときは手を添えてやらなければいけないし。追い詰められると脆いし。

おれがもう少し強かったら、お前たちをもっと喜ばせたり楽しませたりできたのにな。

血が水に溶けていく。まもなく、ぜんぶ出尽くすだろう。

舟に横になっている気分だ。軽舟《けいしゅう》已《すで》ニ過《す》グ万重《ばんちょう》ノ山《やま》か。

春町はすでに大きな流れに乗ったことを感じている。大きな流れ。それは時代なんてちっぽけなものではない。もっと果てしないもの。宇宙。あるいは時の流れ。いや、宇宙と時の流れはたぶんいっしょ。時空。輪廻《りんね》し、転生し、また、この世に還《かえ》って来るかもしれない。

「素晴らしいではないか」

と、つぶやいた。回帰する人生。

還ったらなにをしよう。もちろんまた書いてやる。やっぱり戯作から離れられない。今生ではしくじったが、そんなことでめげはしない。女を書いてやる。いまを書いてやる。わざわざ鎌倉時代に遡《さかのぼ》ったりなどしない。露骨に権力を嘲笑ってやる。幕府の恥部をひん剝《む》いてやる。

読者を笑わせてやる。溜飲《りゅういん》を下げさせてやる。書いて、書いて、書きまくってやる。いいか、言っておくぞ。よおく聞け。おれはな、助平心と悪意の戯作者。どうだ。

なんだか気分がよくなってきたぞ。唄《うた》でもうたってやろうか。

恋の川を流れ流れて、おれはいつしか春の町へ――。

後ろ姿の男

服部正礼は、あるじを探して、広い屋敷のあちらこちらを歩き回った。今日はお城には上がっていないはずなのである。先ほど、女中頭のおきぬに訊《き》いても、

「いらっしゃいます」

とのことだった。

——庭にでも出られたのか。

そう思って、縁側から庭に出てみた。広大な築地《つきじ》の別邸〈浴恩園《よくおんえん》〉と違って、ここ上屋敷の庭はたかが知れている。

手入れの行き届いた端正な庭である。いまは緑が茂り、やや重たい感じがするほどだが、まもなく秋になって紅葉が始まると、この庭はちょうどいい盛り加減になるはずだった。この庭は、秋を基準につくられている。

あるじ松平定信は、庭の美についても一家言を有していて、正礼は定信がその論を滔々《とうとう》と語るのを聞いたことがある。もしそれを大名あたりが聞いたら、とても定信を屋敷に招くなどということはできなくなるに違いない。それくらい、庭はある

じの心のうちをさらけ出すものだった。

今朝、坂下《さかした》門前の老中屋敷に駿河小島藩の使いの者が訪ねて来て、あるじの定信の不在を告げると、伝言を残して行った。それは、お呼び出し中の倉橋寿平が急な病で亡くなったため、伺うことはできないというものだった。

用人の服部正礼が、確かに伝えると約束して、使いの者を帰らせていた。

倉橋が死んだのには、正礼も驚いた。このあいだ会ったときは、元気そうだった。なんの病だったのか？

そこまで考えて、

――そうか。

と、思い至った。腹を切ったに違いなかった。

だが、戯作《げさく》者たちが次々に咎《とが》められるなか、老中から直接、呼び出しがあれば、厳しく叱責《しっせき》されると考えるのは当然だろう。叱責を受ければ、藩主に恥をかかせることになる。ならば先手を打って切腹してしまおう。

武士なら誰もがそう考える。

――だが、ほかの道はなかったのか。

正礼は、狂歌をつくりたかった者として、文芸の道を志す者として、倉橋の才を惜しんだ。同情も、著作への共感もあった。

木立に囲まれた池の縁を回って行って、

――おられた……。

やっとあるじを見つけた。池に突き出た小さな半島のようなところで、松平定信は手頃な石に腰かけて書見をしていた。ちょうど後ろの欅《けやき》の枝が頭上にあり、陽射しはさえぎられ、いかにも涼しげなところだった。

読んでいる書物のほか、数冊が後ろに重ねて置かれている。その題が見えた。『遠西軍書考』。正礼はその中身を知っている。西洋の軍事について書かれたあまたの本を翻訳し、要約させたものだった。

定信がいま、もっとも憂慮している異国の脅威について、今日も考えを巡らしていたらしい。国防について、わが国でいちばん本気で考え、憂えているのは、間違いなくこのお方だった。

しばし躊躇《ためら》ったが、

「御前《ごぜん》」

と、正礼は声をかけた。

「なんじゃ？」

定信は振り向かず、書物に目を置いたまま答えた。白い着物が丸くなった背中に貼りつき、背骨がくっきりと見えている。

「さきほど駿河小島藩から使いの者が参りまして、藩士の倉橋寿平が亡くなったため、お呼び出しにもかかわらず、もはやお伺いすることはできませんと伝言がありました。藩主は後日、改めてお詫《わ》びに上がると」

正礼は一息で言った。早く言ってしまいたかった。

「駿河小島藩の倉橋?」

「恋川春町です」

「ああ、『文武二道万石通』の作者か」

定信は顔を上げたが、こちらは見ず、池を眺めたままで言った。

「いえ、それは朋誠堂喜三二のほうで、春町は『鸚鵡返』のほうにございます」

「あ、そっちか」

「似たようなものですので」

「いや、面白かったのにな」

と、定信は明るい口調で言った。

正礼は意外だった。では、咎めるつもりはなかったのか。面白かったと褒めるつもりだったのか。

　そんなはずはない。

「死因は？」

　定信が訊いた。

「なんでも病死だそうで」

「病死か」

「暑い日がつづきましたので」

　と、正礼は言った。

　本気にするだろうか。

　定信はすこし沈黙して、

「死ぬほどの病だったのかな」

　と、言った。

　やはりわかったのだ。自ら腹を切ったのだと。

　このお方は、おのれの一言の重さを知っている。そう思うと、正礼は背筋が寒くなった。

「ま、仕方あるまい」

とも言った。軽い口ぶりだった。

「……」

人ひとりの命は、自分が思うほどには重くない。

しかし、他人が軽いと見なしてはいけない。

それから定信は、書物を一冊ずつ両手に持ち、ぱたぱたとはたき始めた。どうやら埃《ほこり》を払っているらしい。紙魚《しみ》もつぶそうというのだろう。塵《ちり》一粒も、紙魚の一匹もついているのを許さないように、何度もはたきつづける。

——また、出ますよ。

と、服部正礼は胸のうちで言った。

ああいうやつは、はたいてもはたいても、また生えてきますよと。

どうやら、権力のいちばん上に立つと、下のほうで起きる当たり前のことには、目が行かなくなるものらしかった。だが定信なら、そこまで目をやっていたら、政などできぬと言うだろう。政は嫌なものだった。喜々としてやりたがる者の気が知れなかった。

——また、出ますよ。

と、正礼は、このまま後ろからでも、口に出して言ってやりたかった。

あとがき

命がけでふざけた戯作《げさく》者たちのことを、真面目な筆で書いたりしたら、向こうも嫌だろうし、むしろ失礼だろう。

だからわたしも、一生懸命、ふざけて書いた。

もとより戯作者志望だった。他人に名乗るときには照れてしまうような筆名も、戯作者たらんとしてつけたものである。

子どものころからふざけるのが好きだった。当然、学校の先生からはのべつ叱られた。だが、級友は面白がった。級友は笑っているのに、先生は青筋立てて怒っている。子ども心にも、なんと度量の小さい大人なのだろうと思っていた。

いつの時代も権力者はふざけるやつが嫌いである。江戸時代もいまもまったく変わらない。しかもいまは、権力者の層がぶ厚くなってしまって、三文小説家がふざけた作を書こうものなら、六割くらいの人々が上からの視線で怒り出しそうな気がする。富の配分の比率を見てもわかるように、もちろんほんとの権力者などほんの一部で、あとの大多数は尻馬《しりうま》権力者や、つもり権力者なのだが。

子どものころから、わたしはおふざけに寛容なのは、男より女性だと肌で感じてきた。ふざけた言動も、女性のほうが笑って許してくれたし、その背後にある苛立《いらだ》ちや焦りや哀しみまで、わかってくれているような気がした。

だからこの作は、恋川春町といっしょになってつくった女性に捧《ささ》げる戯作なのだろう。それは春町にも異存はないはずである。

近ごろ、幕末維新物を何本か書いているのだが、さまざまな人物がいろんな動きをし、途中で方針も目的も豹変《ひょうへん》したりするので、書いているうち訳がわからなくなってくる。だが、ある視点に立つと、幕末維新の一連の流れがきわめてわかりやすくなるのだ。

それは武士の堕落ということ。とにかく安逸をむさぼり過ぎた武士が、いざ世界の現状を目の当たりにしたら、茫然《ぼうぜん》自失、なにをしていいかわからなくなってしまった。そのくせ既得権益だけは死んでも守る。

こうした武士がわんさかいたがゆえの混乱であり、一連の流れだった。その体たらくを、五十年以上前に恋川春町や朋誠堂喜三二や山東京伝たちが指摘していたのである。

戯作者たちの鋭くも、勇気のあることよ。

六十も半ばを過ぎたこの歳（単行本刊行時）になって、わたしはまだ、ふざけたいのである。まったくふざけ足りないのである。私生活においてこそ、

「おれは本来、エロと悪意の作家なんだ」

などと、うそぶいたりはしていたが、小説にはあまり生かしてこなかった。猛省。今後はもっとふざけて、世の顰蹙《ひんしゅく》を買っていこうと思っている。やっぱり見習うべきは、江戸の戯作者たちだった。

とはいえ、江戸の戯作者の精神こそ受け継いでも、手本とするにはちと古い。そんなとき、昭和物を書くためにたまたま漁《あさ》っていた風俗小説のなかに、とんでもない戯作者を見つけた。それが梶山季之《かじやまとしゆき》。

官能描写を咎《とが》められ、警視庁に摘発されること三度。雑誌に書いた記事では、時

の自民党幹事長・田中角栄《たなかかくえい》が直接、編集部に怒鳴り込んだ。香港《ホンコン》で客死したときは、暗殺説まで飛びかったという。代表作の『黒の試走車』や『赤いダイヤ』はいま読んでも面白いし、梶山が書いた銀座は、同時代の作家の誰よりもリアルに感じられる。カリカチュアライズされた人間たちの、色と金のバカ騒ぎ。まさに昭和の黄表紙であり、洒落本《しゃれ》だった。戯作者の魂は、脈々とつながるのだ。

尊敬を込め、巻頭に献辞を入れさせていただいた所以《ゆえん》。

なお、この小説をこうして世に出せたのは、大勢の人のおかげである。もともと『歴史読本』という雑誌でスタートした連載だったが、三回目まで書いたところで休刊になってしまい、長く中断していた。それに目をつけ、再開の場を用意してくれたのは、『本の旅人』の小林順《こばやしじゅん》編集長だった。連載時は、担当である新婚のクール・ビューティー辻村碧《つじむらみどり》、最後の仕上げでは、「きみ、欅坂《けやきざか》46の前のほうにいるよね?」の富岡薫《とみおかかおる》の両氏に、丁寧で有益な助言をたまわり、文芸の三宅信哉《みやけしんや》編集長にも激励の言葉をいただいた。ほかにも、作家には名を伝えられない校閲の担当者や、『歴史読本』の石井久恵《いしいひさえ》編集長、担当の伊藤公一《いとうこういち》氏らにもお世話になっている（いずれも単行本刊行時）。文庫化では、父の仇を討つらしい山本渉《やまもとわたる》氏に助けられた。

恋川春町の作が、絵師や彫り師、刷り師、版元などに支えられたように、現代の三文小説家も大勢の人たちに支えられている。ゆめゆめ、「これはおれが書いた」などと、でかい顔はすべきではない。

解説

永井《ながい》紗耶子《さやこ》

恋川春町《こいかわはるまち》は、なんとまあ、愛される男なんだろう。

虚しさもある終劇の後、本を閉じてしばらくしてから頭に浮かんだのは、春町が夢とも現《うつつ》ともなく見ていた女たちの姿。軽口を叩《たた》きながらも、春町を案じ、「あの人は」と語り合う。それぞれにそれぞれのかかわり方の中で見えてきた春町のことを、「菩薩《ぼさつ》のように」とはいかないけれど、それなりに愛してきたことが伝わってくる。

やっぱり風野真知雄《かぜのまちお》さんの描く男は、粋なんだよねえ……と、したり顔で呟《つぶや》く。

以前、私が担当編集者と江戸時代について話をしていた時のこと。どんな作品が好きなのか、と問われて、

「風野真知雄さんの書く人物は、男も女も好きなんですよね」

と、答えた。

それが何故なのかが、この作品を読んでいて改めて分かった気がする。

私は江戸時代の作品を書く機会を頂くことが多い。しかし、元々、江戸時代が好きだったわけではない。昔ながらの時代小説の中には、「かっこいい武士」がよく出てくる。忠義のために刀を振るい、なよやかな女性から、「貴方《あなた》のためなら死んでもいい」とやたらとモテる。読みながら、「なんでこの人をいいと思ったのか分からない」と、はてな、と思って本を閉じたことが何度かあった。

最初に風野作品に会ったのは、「妻は、くノ一」である。「くノ一もの」というと、ちょっと色っぽい話なのかな……と、思いつつ、書店員さんの熱い応援ポップに惹《ひ》かれて手に取った。

そして、ページを開いて読み始めて驚いた。

なんだろう、これ。ついつい引き込まれて読んでしまう。

数行読んで、先が気になった。何せ、文章のリズムがいい。さらりとしつつ、先へ先へと送られる。後々、風野さんが「ジャズが好き」というエピソードを読んだ時に、勝手に「だからか」と思ったことがある。スイングするように進んでいってしまうのだ。

やがて、くノ一、織江《おりえ》の凜々《りり》しさと、夫、彦馬《ひこま》の個性とにすっかり魅了された。

従来の「悲しくてセクシーなくノ一」と「腕自慢の頼りになる武士」ではない。それぞれの人となりに来し方があり、実がある。上っ面のかっこよさよりも芯《しん》があるのだ。

これまで私が、はてな、と思った「時代小説」と何が違うんだろう……と、考えた。そして、気付いた。

「武士が、武士であることにちょっとだけ、斜に構えているからかもしれない」

江戸時代、身分制度の厳しい中、武士はその頂点に立っていた。武士であるということ、男であるということ、それこそが特権である。しかしそれは、自らの手で獲得してきたものではなく、生まれ落ちた家、性別だけで得られたものだ。それを研鑽《けんさん》して初めて「武士」としての生き様になる。彦馬は、「俺は武士だ」と偉ぶらないのが粋なのだ。

そして、『恋の川、春の町　江戸戯作者事情』の主人公である恋川春町、本名、倉橋寿平《くらはしじゅへい》も、「俺は武士だ」と偉ぶらない。武士でありながらもお上の政に対して「いかがなものか」という疑問を持ち、小石川春日町《こいしかわかすがちょう》にちなんで「恋川春町」と名乗る「黄表紙」の生みの親となるのだ。

江戸時代も百年以上が過ぎ、戦乱は遠く、天下泰平の世である。老中田沼意次《たぬまおきつぐ》が権勢を誇っていた時代のこと。武士は刀を差しているが、それを抜いて戦うことなど稀《まれ》。主な役目は、主《あるじ》に仕え、実務を担う、いわば役人である。その退屈に耐えかねて、多くの武士が、戯作や狂歌、絵画を嗜《たしな》んでいた。それは文化において豊かな時代であっただろう。

しかし、田沼の次に老中の座に就いた松平定信《まつだいらさだのぶ》によって、その豊かさは変わり始める。「寛政《かんせい》の改革」を手掛けた定信は、それまでの田沼時代を全否定することから始めた。朱子学《しゅしがく》の教えに従った国造りに舵《かじ》を切るのだ。

定信が力を入れた一つが、倹約令。定信は物価高騰の原因が奢侈《しゃし》にあると考えていた。そこで大名旗本に倹約を命じ、贅沢品《ぜいたくひん》を禁じる町触れも出した。贅沢品とは、高価な菓子や着物、髪飾り、蒔絵《まきえ》の雛《ひな》道具……町人たちの華やかな暮らしを彩ってきたものが「贅沢」として禁じられたのだ。

そしてもう一つが文武奨励。作中でもしばしば取り上げられていたが、学問と武芸を奨励するという動きである。町中には突如として道場が出来たり、学問所が出来たりと、お上の顔色を窺《うかが》う動きが出ると共に、武士たちも慌てて文武に励んでいく。

その様を見た戯作者たちは、付け焼き刃で文武に励む武士たちを嘲笑《あざわら》い、作品を書き始めた。恋川春町の『鸚鵡返文武二道《おうむがえしぶんぶのふたみち》』は、正に文武奨励を嘲笑う作品である。時代は醍醐《だいご》天皇の御代《みよ》。天皇が質素な衣服を着て、文武を奨励するという筋書きは、まさに定信が出した倹約令と文武奨励を表しており、登場人物たちは、菅秀才《かんしゅうさい》など、古い時代の人物にしているが、松平定信らをモデルとしているのは読めば分かる。

華やかな時代を謳歌《おうか》していた武士も町人も、突如として降ってきた倹約や文武奨励といった方針転換に戸惑ったことだろう。窮屈さを感じた人たちにとって、彼らの書いた黄表紙は、正に溜飲《りゅういん》を下げる作品であったに違いない。

「そうだそうだ、笑ってやろう」

戯作によって笑われるお上の姿に、すっきりした人々は、武士も町人も、黄表紙に大いに沸いた。次から次へと刷られて売られていく。

やがてその存在は、定信も十分に知るところとなり、役人たちは定信の顔色を窺いながら動き始める。そして、書き手たちはじわりじわりとお上の圧を感じ始めていく。

今作のラストは、寛政元年の七月である。

その翌年、寛政二年五月の町触れには、こう書かれている。

「近年、子供持遊ひ草紙絵本等、古代之事によそへ、不束成儀作出候類相見候、以来無用に可致候」

つまり、子供のための草紙や絵本などに、昔のことのようなふりで不謹慎なことが書いてあるものがあるが、今後は無用、というのである。お上がこんな町触れを出したとあれば、これまで笑いながら手にしていた黄表紙が、途端に「禁書」になってしまう。そして、恋川春町らの黄表紙は絶版となっていく。

更に翌年の寛政三年には、黄表紙の版元であった蔦屋重三郎《つたやじゅうざぶろう》は過料として身上半減……つまりは全財産の半分を持っていかれ、人気作家であった山東京伝《さんとうきょうでん》は手鎖の刑に処せられることとなる。

「言論の自由」などというものは、概念すらない時代。

お上がここまで本気で処罰に乗り出せば、書き手たちは縮み上がるしかなかったのは想像に難くない。

今作では、その言論統制のはじまりが描かれている。じわじわと掛かる圧力を感じた戯作者たちは、一人、また一人と、出版から手を引いていく。恋川春町は、去っていく同胞を口惜しく見て、「それでも引かない」と思い定めつつも、権力の持つ怖さも知っている。

物語のはじめのうちは、どこか瀟洒《しょうしゃ》な春町が、恋に恋をし、ふらりふらりと女性たちを訪ねているように見える。しかしその渡り歩いている道中で、重低音のように、定信の影が立ち現れ、じわじわと春町の心に圧し掛かってくる。

だが、定信と共に、江戸の著作に関わる者たちにとって、冒しがたい名がある。それが「馬場文耕《ばばぶんこう》」である。

馬場文耕は、このときから三十年ほど前に、お上を批判する異説を記し、言い触らした罪で獄門に処された講釈師である。

だが、馬場文耕を軽蔑《けいべつ》する戯作者はいないはずである。お上の圧力にまるで屈しなかった。その反骨の姿勢は驚嘆するほどである。

春町の中に宿る馬場文耕への密かな憧《あこが》れが、作中のそこかしこに窺い知れる。だからこそ、早々に筆を折った朋誠堂喜三二《ほうせいどうきさんじ》や大田南畝《おおたなんぽ》のことを苦々しく思っているのだろう。

しかし遂に、恋川春町に松平定信からの呼び出しの声がかかる。春町はこの呼び出しに参じることに躊躇《ちゅうちょ》する。

――権力はなんと重いのか。

と春町は思った。誰もそれとは戦えないのか。

いや、違う。戯作者は戦える。言葉という武器を駆使して、あの手この手でからかい、嘲笑い、あいつらの下種《げす》な心根や、頭の悪さ、おのれを守ろうとするいじましさ、そういった諸々《もろもろ》を、あぶり出すことができるのだ。

自問自答の末に、戯作者としての気概を見せる春町。しかし同時に、定信に対する怯《おび》えも沸々と沸き起こり、「斬られるかもしれない」という妄想に取り憑《つ》かれていく。

読み進めていくうちに、春町の視界がぐにゃりと歪《ゆが》むような感覚がある。それは春町が心を病み始めているからなのだろう。それまでの粋で瀟洒な春町が、「武士」としての己と、「戯作者」としての己との間で葛藤《かっとう》していく。

そして、春町は「戯作者として死のう」と決めるのだ。

実際の恋川春町の最期については、史実の上では分かっていないとされる。病死であったと記されるが、自害であったとする説もある。

最期、夢とも現ともしれない春町は言う。

還ったらなにをしよう。もちろんまた書いてやる。やっぱり戯作から離れられない。

この作品はそのままに、風野真知雄という作家の心を写しているように思えた。ファンの一人として、その言葉が嬉《うれ》しい。

本書は、二〇一八年六月に小社より刊行された
単行本を文庫化したものです。

恋《こい》の川《かわ》、春《はる》の町《まち》

江戸戯作者事情《えどげさくしやじじよう》

風野真知雄《かぜのまちお》

令和6年 10月25日　初版発行

発行者●山下直久

発行●株式会社KADOKAWA
〒102-8177　東京都千代田区富士見2-13-3
電話　0570-002-301(ナビダイヤル)

角川文庫 24374

印刷所●株式会社暁印刷
製本所●本間製本株式会社

表紙画●和田三造

ISBN 978-4-04-115372-7　C0193

角川文庫発刊に際して

角川源義

第二次世界大戦の敗北は、軍事力の敗北であった以上に、私たちの若い文化力の敗退であった。私たちの文化が戦争に対して如何に無力であり、単なるあだ花に過ぎなかったかを、私たちは身を以て体験し痛感した。西洋近代文化の摂取にとって、明治以後八十年の歳月は決して短かすぎたとは言えない。にもかかわらず、近代文化の伝統を確立し、自由な批判と柔軟な良識に富む文化層として自らを形成することに私たちは失敗して来た。そしてこれは、各層への文化の普及滲透を任務とする出版人の責任でもあった。

一九四五年以来、私たちは再び振出しに戻り、第一歩から踏み出すことを余儀なくされた。これは大きな不幸ではあるが、反面、これまでの混沌・未熟・歪曲の中にあった我が国の文化に秩序と確たる基礎を齎らすためには絶好の機会でもある。角川書店は、このような祖国の文化的危機にあたり、微力をも顧みず再建の礎石たるべき抱負と決意とをもって出発したが、ここに創立以来の念願を果すべく角川文庫を発刊する。これまで刊行されたあらゆる全集叢書文庫類の長所と短所とを検討し、古今東西の不朽の典籍を、良心的編集のもとに、廉価に、そして書架にふさわしい美本として、多くのひとびとに提供しようとする。しかし私たちは徒らに百科全書的な知識のジレッタントを作ることを目的とせず、あくまで祖国の文化に秩序と再建への道を示し、この文庫を角川書店の栄ある事業として、今後永久に継続発展せしめ、学芸と教養との殿堂として大成せんことを期したい。多くの読書子の愛情ある忠言と支持とによって、この希望と抱負とを完遂せしめられんことを願う。

一九四九年五月三日

角川文庫ベストセラー

角川文庫ベストセラー

月に願いを
姫は、三十一7
風野真知雄
静湖姫は、独り身のままもうすぐ32歳。そんな折、ある藩の江戸上屋敷で藩士100人近くの死体が見付かる。調査に乗り出した静湖が辿り着いた意外な真相とは？　そして静湖の運命の人とは⁉　衝撃の完結巻！

西郷盗撮
剣豪写真師・志村悠之介
風野真知雄
元幕臣で北辰一刀流の達人の写真師・志村悠之介は、ある日「西郷隆盛の顔を撮れ」との密命を受ける。鹿児島に潜入し西郷に接近するが、美しい女写真師、人斬り半次郎ら、一筋縄ではいかぬ者たちが現れ……。

鹿鳴館盗撮
剣豪写真師・志村悠之介
風野真知雄
写真師で元幕臣の志村悠之介は、幼なじみの百合子と再会する。彼女は子爵の夫人となり鹿鳴館の華といわれていた。逢瀬を重ねる2人は鹿鳴館と外交にまつわる陰謀に巻き込まれ……大好評〝盗撮〟シリーズ！

ニコライ盗撮
剣豪写真師・志村悠之介
風野真知雄
来日中のロシア皇太子が襲われるという事件が勃発。襲撃現場を目撃した北辰一刀流の達人にして写真師の志村悠之介は事件の真相を追うが……日本中を震撼させた大津事件の謎に挑む、長編時代小説。

妖かし斬り
四十郎化け物始末1
風野真知雄
烏につきまとわれているため〝からす四十郎〟と綽名される浪人・月村四十郎。ある日病気の妻の薬を買うため、用心棒仲間も嫌がる化け物退治を引き受ける。油問屋に巨大な人魂が出るというのだが……。

角川文庫ベストセラー

女が、さむらい　風野真知雄

修行に励むうち、千葉道場の筆頭剣士となっていた長州藩の風変わりな娘・七緒は、縁談の席で強盗殺人事件に遭遇。犯人を倒し、謎の男・猫神を助けたことから、妖刀村正にまつわる陰謀に巻き込まれ……。

女が、さむらい　鯨を一太刀　風野真知雄

徳川家に不吉を成す刀〈村正〉の情報収集のため、店を構えたお庭番の猫神と、それを手伝う女剣士の七緒。ある日、斬られた者がその場では気づかず、帰宅してから死んだという刀〈兼光〉が持ち込まれ……？

女が、さむらい　置きざり国広　風野真知雄

情報収集のための刀剣鑑定屋〈猫神堂〉に持ち込まれた名刀〈国広〉。なんと下駄屋の店先に置き去りにされていたという。高価な刀が何故？　時代の変化が芽吹く江戸で、腕利きお庭番と美しき女剣士が活躍！

女が、さむらい　最後の鑑定　風野真知雄

刀に纏わる事件を推理と剣術で鮮やかに解決してきた猫神と七緒。江戸に降った星をきっかけに幕府と紀州忍軍、薩摩・長州藩が動き出し、2人も刀に導かれるように騒ぎの渦中へ――。驚天動地の完結巻！

沙羅沙羅越え　風野真知雄

戦国時代末期。越中の佐々成政は、家康に、秀吉への徹底抗戦を懇願するため、厳冬期の飛騨山脈越えを決意する。何度でも負けてやる――白い地獄に挑んだ生真面目な武将の生き様とは。中山義秀文学賞受賞作。